KB025936

오늘도 당신에게 배웁니다

아버님과 함께한 시간들

오늘도 당신에게 배웁니다

황선조 지음

청파랑

| 머리말 |

삶이 곧 말씀이자
사랑이셨던 그분을 기리며

역사의 흐름 속에는 '잊히는 것'과 '남겨지는 것'이 있습니다. 크고 작은 삶의 연속에서 '잊히는 것'은 시간과 함께 사라지고 끝내 누구도 기억하지 않습니다. 그러나 '남겨지는 것'은 과거로 묻히지 않고 계속되는 현재로서 생명력을 발합니다. 고대 그리스에서는 전자를 '크로노스Kronos', 후자는 '카이로스Kairos'라고 표현했습니다.

인생도 마찬가지입니다. 생애를 사는 동안 쉽게 잊히는 것이 있는가 하면 가슴속 깊이 담고 있는 사람, 삶의 이야기가 있습니다. 시간의 흐름 속에 당연히 과거가 되지만 묻히거나 잊히지 않고 생명력이 넘치는 현재로 계속되기도 합니다. 모든 사람에게 부모에 대한 그리움이 그럴 겁니다.

제게는 생각만 해도 가슴이 먹먹해지는 한 어른이 있습니다. 그분에 대한 그리움과 사무침은 그 어떤 인연과도 비교할 수 없고, 글로 다 표현할 수 없습니다. 저는 선생을 20대에 처음 뵈었습니다. 꿈과 열정이 펄펄 넘치던 시절, 어떻게 살아야 가치가 있을지 또 어떤 삶이 바른지를 심각하게 고민하다가 그분의 사상에 매료되었습니다. 결국 스승을 통해 절대자 하나님을 다시 알게 되었고 인간과 세계, 역사를 보는 눈을 갖게 되었으며 의미 있는 삶의 가치를 추구하게 되었습니다. 그 뒤 오늘까지 그분을 모시면서 추호도 후회 없이 열정을 다했습니다. 특히 1990년대 초반부터 20여 년 동안은 측근의 한 사람으로서 직접 소통하며 지시를 받고 생활했습니다.

지금 되돌아보면 꿈같은 세월입니다. 어느 여름날 남해바다 배 위에서 낚싯대를 드려놓고 이런저런 말씀을 하던 중 그분께서 "황선조, 구십 평생이 하루처럼 지나가더구나. 알차게 살아야 한다"라고 하셨습니다. 지나간 시간들이 흰 서리로 머리 위에 앉은 지금, 그 말씀을 절감합니다.

강산이 두 번이나 바뀌는 동안 지척에서 모셨지만, 스승에 대해 말

한다면 "정말 알다가도 모를 분, 다 헤아릴 수 없는 분, 너무 크고 넓고 깊어서 규정하기가 한계인 어른"이라고 할 수밖에 없습니다. 그분과의 삶에는 새로움, 떨림, 희망, 꿈이 있었습니다. 늘 역동적이고 긍정적이며 미래지향적이어서 현실과 신비함이 공존했습니다. 때로는 긴장과 두려움, 책임감이 억누르고 또 한편으로는 기쁨과 성취감, 희열이 넘치기도 했습니다. 하나님을 중심으로 한 평화로운 세상에 대한 비전 속에 에너지가 넘쳐 뭔가 해결하지 않으면 안 되는 일들의 연속이었습니다. 세상의 판단기준으로 선생을 뵈면 늘 다르고 예상이 빗나가는 것을 경험하곤 했습니다.

그럼에도 불구하고 제 경험으로 그분의 삶을 감히 말해보자면 '말씀'과 '사랑'으로 귀결됩니다.

스승은 '말씀'을 지극히 사랑하셨습니다. 더 정확히 말하면 '삶이 곧 말씀'이었다고 해도 과언이 아닙니다. 언제 어떤 상황에서도 사람이 있으면 말씀을 하셨습니다. 신과 인간, 세계, 역사, 자연까지 사람이 궁극적으로 이루어야 할 근본에 대해 말씀하셨습니다. 근본에서 현실, 현실에서 영원한 세계까지 말씀의 주제는 깊이를 가늠하기 어려웠습니다. 그분의 손에는 당신의 말씀이 담긴 책자가 들려 있었습니다. 스스로 당신이 하신 말씀을 읽고 듣고 또다시 말씀하셨습니다.

그 말씀은 일방통행이 아니었습니다. 묻고 답하는 가운데 상대가 답이 없거나 되묻지 않으면 스스로 묻고 대답하셨습니다. 그 가운데 말씀은 더 깊어지고 단단해졌습니다. 지금도 우리 곁에 남아 세상을 밝히는 등불이 되어주고 있습니다.

또 하나, 선생은 '사랑'으로 시작해 '사랑'으로 완성하는 삶을 사셨습니다. 그분의 삶은 하나님의 사랑, 사람에 대한 사랑, 세상에 대한 사랑, 자연에 대한 사랑이었습니다. 기도를 하실 때면 하나님에 대한 사무친 사랑으로 눈물을 흘리셨습니다. 인간으로 인해 하나님이 당하신 고통을 생각하면서 당신에게 닥친 시련은 아무것도 아니라며 고통조차 달게 받으셨습니다.

온 인류가 한 가족이 되는 평화로운 세상을 구현하는 것을 평생의 소명으로 생각하시고, 이 땅 위의 온갖 갈등과 폭력을 없애는 데 온 정성을 기울이셨습니다. 저 멀리 바다 건너 아프리카 대륙에서 굶고 있는 사람들을 위해 오늘 우리가 할 수 있는 일이 무엇인지, 인종과 이념, 종교적 갈등을 딛고 모든 인류가 하나가 되기 위해 우리 각자가 해야 할 일은 무엇인지에 대해 강조하고 이를 실천에 옮기셨습니다.

그런 중에 늘 사람들과 함께하셨습니다. 지위고하를 막론하고 누구를 만나든 가슴으로 대화하셨습니다. 본질을 전하는 가운데 그들이 하는 말을 끝까지 들으셨습니다. 잃어버린 자식을 찾아 맨발로 천리를 내달려 온 절절한 부모의 모습이었습니다. 눈빛조차 마주하기 어려운 권위를 지니셨지만, 그러면서도 눈이 보이지 않을 만큼 크게 웃는 온화한 모습으로 당신의 사랑을 보이셨습니다.

2012년 9월 3일(음력 7월 17일) 그분은 아주 먼 곳으로 떠나셨습니다. 언젠가 떠나시리라는 것을 알고 있었지만, 속절없이 가신 길이 지금도 사무칩니다. 생전에 저를 보면 알 듯 모를 듯 "황선조, 잘 알지?" 하고 여러 번 물으셨기에, 지금도 매일 그분의 질문을 새기며 처음 정한 그 길을 걷고 있습니다.

저는 그분을 '참부모님'으로 고백합니다. 저는 문선명 선생님과 한학자 총재님 양위분을 '아버님', '어머님' 하며 모시고 살아왔고 그 가르침을 여전히 생의 지침으로 하고 있습니다. 스승의 깨우침을 가슴에 담아 살고 있지만, 한편으로는 제가 그분 곁에서 체험한 그 고귀한 순간들이 유한한 제 삶과 함께 사라지게 된다는 안타까움이 있습니다. 특히 그분을 직접 경험하지 못한 후학들에게 전승하고 싶은 마음이 더해져 펜을 들게 되었습니다. 그 아름다운 깨우침의 순간들을 졸필로 남기려니 생명감이 사라지는 듯해 아쉬움이 그지없지만 그 큰 분의 경험을 나누고 싶었습니다.

지난 기억들을 되짚어 진실 그대로를 전하고자 애썼지만, 막상 졸저를 세상에 내놓으려니 사람의 언어가 지닌 표현의 한계를 절감합니다. 선생의 삶을 다 담아내기엔 미흡하지만, 크신 발자취를 조금이라도 되새기려는 제 마음이 독자분들에게 전해졌으면 하는 바람입니다.

2022년 성화* 10주년을 앞두고

선문대 교정에서

황 선 조

* **성화** 聖和

'성화'란 인간이 생을 마칠 때 육신을 벗고 영인체가 영원한 무형실체세계, 곧 영계(靈界)로 입문하는 새로운 탄생을 의미한다. 인간이 어머니의 모체로부터 탄생해 공기의 세계(유형실체세계)에서 한 생애를 살고, 유한적인 육신을 벗어버리고 시공을 초월한 영계로 입문하는 의식을 '성화식'이라고 한다.

차례

1부

인생을 변화시키는 가르침

일생을 통틀어
이뤄야 할 비전

대학 총장으로 여러 해째 교정에 있다 보니 학생들을 만날 기회가 많습니다. 집회나 강연에서 학생들에게 이야기할 기회가 생길 때마다 늘 이런 생각을 합니다.

'만일 그분이 지금 이 자리에 오실 수 있다면 학생들에게 과연 무슨 말씀을 해주실까?'

선생은 생전에 젊은 청년들에게 유독 많은 애정을 보이셨습니다. 젊은 청년들이 살아갈 미래가 보다 평화롭기를 바라셨고, 무엇보다 이 땅의 청년들이 냉혹한 현실 속에서도 스스로 행복한 삶을 살아가기를 바라셨습니다.

스승의 지난 삶을 되짚어보며 그 안에서 이 시대를 살아가는 청년들에게 꼭 필요한 지침들을 하나씩 정리하다 보면 머릿속에 한 단어가 떠오릅니다. 바로 '비전vision'이라는 말입니다. 그래서 저는 학생들에게 기회가 있을 때마다 묻습니다.

"여러분에게는 일생을 통틀어 반드시 이뤄야 할 비전이 있습니까?"

삶의 비전, 즉 인생을 살아갈 뚜렷한 목표나 꿈이 있으면 그 어떤 고난과 위기가 닥쳐도 흔들리지 않고 전진할 수 있습니다. 가슴 안에 간절히 바라는 무언가가 있을 때 내면에 숨겨진 엄청난 잠재력이 어느덧 꽃을 피우고 온 우주의 힘이 내게 집중됩니다. 마침내 상상도 못한 기적 같은 일들을 이루게 됩니다.

그것이 바로 이 땅의 젊은 청년들에게 보여주신 인생의 비밀입니다. 위대한 업적을 이룬 무수한 위인들 중 가슴 안에 비전을 품지 않았던 사람은 없습니다. 개인적인 염원이든 세상을 구원할 목표든 반드시 이루고 싶은 일, 살아가야 할 이유가 분명히 있었습니다.

선생께는 '하나님 해방과 인류 구원', '하나님을 중심한 인류 대가족 공동체'라는 아주 큰 비전이 있었습니다. 열여섯이라는 젊은 나이에 하늘의 소명을 받은 뒤로 그 비전은 그분께 삶의 이유, 반드시 이루어야 할 인생의 목표로 자리 잡았습니다. 당신께서 세상에 존재하는 이유를 명확히 세운 이후 그분의 삶은 생사를 거는 모험의 연속이었습니다. 그러나 그 어떤 위험 속에서도 하나님의 섭리를 이루기 위한 여정을 멈추지 않으셨습니다. 설령 그것이 목숨을 위협받는 길이라 해도 말입니다.

1991년 선생은 고향인 북한을 방문해 김일성 주석과 회담을 가졌습니다. 사실 북한 정부 고위층의 초청으로 이뤄진 방북 일정에 김일성 주석과의 회담은 정확히 잡혀 있지 않았습니다. 워낙 북한 정부의 경계가 철저하다보니 만남이 불발될 가능성도 높았지요.

북한을 방문한 선생이 처음 발걸음을 한 곳은 북한의 국회격인 만수대 의사당이었습니다. 김달현 부총리의 초대로 노동당 간부를 비롯한 북한 정부 주요 인물들이 함께한 환영회 자리에 참석하셨지요. 간담회와 환영회를 겸한 그 자리에서 북한 측의 브리핑이 있었다고 합니다. 남북관계와 전후 북한의 역사에 대한 의례적인 설명이었습니다. 북한 측의 설명과 억지 주장을 묵묵히 다 들은 선생은 "이제는 내가 좀 이야기를 해야 하겠다"고 하며 하나님주의의 대요를 설파하다가 6·25와 관련한 부분에서는 격앙된 어조로 호통을 치셨습니다.

"내가 6·25를 직접 경험한 사람이다. 당신들이 먼저 침공하지 않았는가? 그런데 어떻게 6·25가 북침이 될 수 있냐? 남침이다. 전 세계 앞에서 남침을 사과하라!"

이야기는 이걸로 그치지 않았습니다.

"하나님을 인정하지 않는 공산주의는 금세 변화가 올 것이다. 한

민족의 소망인 남북통일은 주체사상으로는 안 된다. 오직 하나님주의로만 통일을 이룰 수 있다."

"남쪽에 심어둔 간첩들을 모두 자수하게 하라. 그러면 내가 그들의 사상을 바로잡아 민족을 위해 헌신하도록 만들겠다."

선생은 함부로 꺼내기도 어려운 사안을 그것도 탁자를 내리치며 거의 호통조로 말씀하셨습니다. 북측 고위 간부는 물론이고, 우리 측 수행원들도 전혀 상상할 수 없었던 일이었습니다. 적진 한가운데에서 아무런 보호책도 없이 쏟아진 신념에 찬 발언에 참석자 모두가 당황했습니다. 더욱이 그분을 초청한 노동당 관계자들에게는 청천벽력 같은 일이었지요.

왜 안 그랬겠습니까. 북한 정계 모든 이가 주목하고 있는 자리에서 건드려선 안될 뇌관을 터뜨린 격이나 다름없었으니 말입니다. 그때까지만 해도 선생을 친절히 안내해주던 김달현 부총리의 얼굴이 굳어졌고 분위기는 급격히 냉랭해졌습니다.

당시 선생을 수행했던 박보희 세계일보 사장은 '살아서 한국 땅을 밟을 수 있을까?' 하는 생각이 들었다고 합니다. 실제로도 노동당 간부 중 한 사람이 박 사장에게 이런 말을 했습니다.

"당신들 이북에서 못 나간다. 비행기 띄운 다음 공중에서 쏴버리면 그만이다. 흔적도 안 남는다."

상황이 이렇게 되니 박 사장은 김일성 주석과 만나는 건 이쯤에서 포기해야겠다고 체념했습니다. 그런데 그런 박 사장에게 선생은 되레 이렇게 말씀하셨습니다.

"내가 이런 말을 했다고 안 만난다고 하면 쩨쩨한 사람이지. 그래서 안 만나겠다면 나도 만날 필요 없어."

그런데 이것이 또 다른 반전을 불러왔습니다. 선생의 이 발언을 전해 들은 김일성 주석은 크게 웃으며 "저런 배포를 지닌 사람이라면 만나야지"라고 했다고 합니다. 사상과 가치관이 전혀 다른 길을 걷고 있지만, 범인은 감히 흉내 낼 수도 없는 선생의 사람됨과 깊이를 알아본 것입니다.

결국 김일성 주석은 그 자리에서 단독 회동을 결정했고 친히 오찬 자리를 마련했습니다. 당시 김 주석이 대접한 음식은 평안도 음식인 언감자국수. 선생의 고향이 평안도라는 걸 전해 듣고 동향 사람을 만났다며 일부러 마련한 음식이었습니다. 공산주의에 반대한 승공勝共 운동을 주도했던 선생과 원조 주사主思라 할 만한 김 주석은 그 자리에서 호형호제를 할 만큼 가까워졌고 남북 협력에 관한 10가지 조항을 합의하게 되었습니다.

'시류와 무관하게 자신의 목소리를 낸다.'

스승의 삶을 관류하는 한 문장입니다. 하나님의 섭리 여정, 평화로 하나 된 세상을 만들려는 당신의 비전은 그 어느 상황에서도 당당히 드러났습니다.

"진실이 아닌 잘못된 이야기를 듣고 거기에 호응할 수 없었다. 내가 그 자리에서 가만히 있었더라면 하나님의 체면이 어떻게 되겠느냐. 하나님의 뜻을 가지고 만난 자리에서 내가 어떻게 그런 거짓 앞에 굴하겠는가. 그럴 수 없다."

그분의 삶은 보통 사람이 흉내 낼 수 없는 것임에 분명합니다. 어떻게 그런 삶을 사실 수 있었는지 헤아리고 또 헤아려봐도 우리로서는 감히 범접할 수 없는 면이 있습니다. 하지만 선생은 생의 큰 뜻을 품은 한 개인이 과연 어떻게 세상을 변화시킬 수 있는지 당신의 삶을 통해 직접 보여주셨습니다.

목숨을 걸 만한 비전을 세우고 용기 있게 전진하라. 그러면 세상에 희망의 불씨가 되리라.

그것은 평범하고 나약한 우리들에게 세상을 살아갈 희망과 용기를 줍니다. 우리 모두에게는 하나님께 부여받은 고귀한 생명과 존재론적 가치가 살아 숨쉬고 있습니다. 그것이 빛을 발하지 못하는 것은 자신 안에 잠재된 두려움 때문입니다. 그 두려움은 세상을 살아갈 분명한 이유, 세상을 향한 확고한 비전이 없을 때 생겨납니다.

감히 예상컨대 선생이 만일 이제 막 세상을 향해 나아갈 청년들을 만난다면 이렇게 말씀하실 것 같습니다. 세상을 향한 큰 꿈을 품으라고, 목숨을 걸 만한 확고한 꿈과 비전을 갖고 용기 있게 전진하라고 말입니다. 선생이 이 땅에 남기신 것은 희망의 불씨입니다. 그 불씨를 가슴에 받아 안고 큰 비전을 향해 나아가는 것은 남은 우리들의 몫이 아닐까 싶습니다.

지면을 빌어 그분에 대한 회고의 글을 쓰고 있는 저 자신도 스스로에게 되묻습니다.

'선생이 세운 그 비전에 나는 과연 목숨을 다해 투신하고 있는가. 과연 목숨을 걸 만큼 최선을 다해 살고 있는가.'

보이지 않는 것을 본다는 것

선생은 사계절 중에 봄을 가장 좋아하셨습니다. 겨우내 살았는지 죽었는지 알 수 없었던 나무들이 연녹색 싹을 틔운 모습을 보고, 봄은 희망과 변화의 계절이라며 섭리를 향한 우리의 마음가짐도 늘 봄과 같아야 한다고 말씀하곤 하셨지요. 봄을 유독 좋아하셨기 때문일까요. 추운 겨울이 지나 봄이 찾아오면 유독 행사를 많이 주관하고 나들이도 자주 나서곤 하셨습니다.

햇살이 좋은 어느 봄날이었습니다. 스승을 모시고 제주도의 한 식물원에 나들이를 나섰습니다. 꽃과 나무를 좋아하셨던 선생은 형형색색으로 피어난 생명들을 하나씩 자세히 살피며 흡족해하셨습니다.

한참 동안 식물원을 둘러보고 나오려는데 작은 연못 위로 흐드러지게 핀 수련이 눈에 띄었습니다. 따뜻한 제주도여서인지 초여름에나 꽃을 피울 수련이 일찌감치 고운 자태를 드러내고 있었지요.

저를 비롯해 나들이 길에 함께한 사람 모두가 화사하게 핀 수련에 감탄했습니다. 식물원 밖으로 나온 우리 일행은 벤치에 앉아 방금 전에 본 꽃 이야기를 주고받았습니다. 그런데 우리 얘기를 가만히 듣고 계시던 선생이 갑자기 물으시는 겁니다.

"연꽃이 참 예뻤지? 그런데 연꽃이 피어 있는 물은 봤나?"

아무도 대답하는 사람이 없었습니다. 꽃만 봤지 꽃이 뿌리를 내리고 있는 물을 제대로 본 사람은 없었던 것이지요. 다시 가 확인해보니 연못의 물이 누렇게 썩어 있었습니다. 그렇게 썩은 물에서 싱싱한 꽃이 피어 있었던 겁니다.

"비록 썩은 물이지만 뿌리를 깊이 내리고 있어서 예쁜 꽃을 피울 수 있는 거다. 사람도 다르지 않다. 세상이 아무리 어둡고 흐려도 마음의 뿌리를 깊게 박고 있어야 한다. 뿌리가 깊어야만 나타나는 형상도 싱싱하고 아름다운 법이다."

그분은 항상 그러셨습니다. 똑같은 것을 보더라도 남들은 보지 못하는 것을 발견하셨습니다. 연못 위에 화사하게 피어난 수련을 보고 썩은 물 안에 깊이 내린 뿌리를 발견하듯 평범한 일상 속에서 삶의 본질을 보셨습니다.

한번은 외국에 나가시는 선생을 배웅하기 위해 공항에 갔습니다. 선생을 모시고 엘리베이터를 탔는데, 중간에 사람이 많이 타서 경보음이 울렸습니다. 나중에 탄 사람이 내리는 그 잠깐 동안 정적이 흘렀습니다. 그 스치듯 지나가는 순간에 선생이 말씀하셨습니다.

"이 기계를 봐라. 한낱 기계조차 이렇게 정확하게 초과된 무게를 가려낸다. 하물며 우리가 죽어 영계에 가면 어떻겠느냐? 시공을 초월한 무형의 세계에서 내 삶의 결과를 얼마나 정확하게 측정하겠는가? 눈에 보이지 않는다고 함부로 살아선 안 된다."

현상을 보면서도 그 안에서 본질을 보는 것, 그것은 스승이 세상을 사신 방식이며 우리에게 전해주고자 하신 교훈이었습니다. 엘리베이터 안에서 경보음이 들리면 그저 '정원이 초과됐구나' 하는 생각으로 그치는 것이 아니라, 내 삶의 무게를 과연 어떻게 만들어 갈 것인지를 생각하셨지요. 당신이 그러하듯 우리도 그러길 바라셨습니다. 혼탁한 세상 안에서 가장 중요한 본질을 잃지 않고 사람다운 모습으로 살아가는 것, 말씀 중에 또 행동 중에 계속 전하셨던 지침이었지요.

스승이 말씀하신 것처럼 지금 우리의 모습은 20년 혹은 30년 전에 탄생하여 나타난 결과적 존재만은 아닙니다. 먼 인류의 조상으로부터 계속 이어진 결실체들입니다. 인류의 역사가 이어져오는 동안 세상의 본질 역시 이어져 내려왔습니다. 다만 현상에 가려져 우리가 발견하지 못할 따름이지요.

보이는 것만 보지 말라던 선생의 말씀을 떠올리며, 어쩌면 우리 모두는 보고 있어도 보지 못하는 눈 뜬 장님으로 살고 있는 것이 아닌가 하는 생각이 듭니다. 오늘 이 시간 나 자신의 눈을 가리고 있는 것은 과연 무엇인지 자문해 봅니다.

금국화를 보며

생명의 신비를 이야기하셨다.

무소유보다
위대한 것은

선생을 모시고 직무를 수행하던 시절 가장 마음의 여유를 가질 때는 '하늘에 떠 있는 순간'이었습니다. 그분께서 해외로 나가시며 '비행기 안에 계실 때' 혹은 제가 해외출장 중 '비행기 안에 있을 때'입니다. 그것도 비행시간이 짧은 국내선보다는 장거리 출장 때가 더욱 그렇습니다. 이유는 선생이 밤낮 불문하고 활동하시는지라 저 역시 언제 어디서든 일손을 놓을 수 없기 때문입니다.

한번은 미국 출장을 마치고 장거리 비행 중 모처럼 긴장을 풀고 고전 영화도 한편 보고 읽고 싶은 책도 보는 기회를 갖게 되었습니다. 물론 한국에 도착하면 바로 출장보고를 드려야 하기에 출장보고서도 챙겼습니다.

그날 감명 깊은 책을 읽었습니다. 법정 스님의 《무소유》라는 책이었습니다. 평소 존경했던 큰 스님의 삶이 서려 있는 책이라 단숨에 읽고 많은 생각을 하게 되었습니다. 특별히 한 일화는 제 가슴을 많이 때렸습니다.

법정 스님이 한 스님에게서 난초 두 분盆을 선물받았다고 합니다. 혼자 사는 거처에 본인 외에 유일한 생명이었던 난을 법정 스님은 정성을 다해 길렀습니다. 애지중지 가꾼 보람으로 그 난은 연둣빛 꽃과 은은한 향으로 마음을 설레게 했고 적막한 산사 생활에 적잖은 위로를 주었습니다. 그러던 어느 날 다른 사찰에 계신 노스님을 뵈러 가게 되었습니다. 오랜만에 집을 나서 바깥 볼 일을 보고 있는데 갑자기 난초를 뜰에 내놓은 채 왔다는 사실이 생각났습니다. 스님은 뜨거운 햇볕에 늘어져 있을 난초가 눈에 아른거려 더 이상 지체할 수 없었고 결국 그길로 허둥지둥 되돌아오고 말았습니다. 그때 스님은 깨달았습니다, 소유로 인한 집착이 괴로움의 근원이라는 것을.

결국 스님은 며칠 후 놀러온 한 친구 스님에게 그 난초를 안겨주었습니다. 난을 통해 '무소유'의 의미를 깨달은 스님은 그 뒤로 하루 한 가지씩 버려야겠다는 다짐을 하게 되었다고 합니다.

언젠가 한번은 빈손으로 돌아갈 세상, 아무것도 갖지 않을 때 비로소 온 세상을 갖게 된다는 《무소유》의 글귀를 보며 저는 늘 가까이 모시는 그분의 삶이 떠올랐습니다. 몇 페이지를 읽고 잠시 묵상하고 또 다시 책장을 넘기면서 한참 동안 내가 모시는 분과 스님의 삶을 그려 보았습니다. 그분들의 삶, 같음과 다름, 그리고 그 이유 등 이런저런 생각을 하게 되었습니다.

'무소유'로 찾아지는 '자유함'의 경지를 범인으로서는 알기 어렵고, 그건 저 또한 마찬가지였습니다. 한평생을 오직 갈아입을 승복 한 벌을 소유하며 온 세상의 소유를 능가하는 풍요로움을 가졌던 큰스님께서 난 한 포기에 마음을 빼앗기고 근심을 털어버리고자 자신을 성찰하는 삶이 오래 가슴에 남았습니다.

그런데 문제는 또 하나의 다른 삶이 저 앞에 우뚝 서 계시다는 겁니다. 도대체 스승의 삶은 어떠한가? 다른 차원의 세상을 향한 '무소유', 내 것이 아닌 '모두의 공유'라는 철학으로 온갖 근심 속에 차곡차곡 쌓인 한恨으로 응어리진 삶을 매일매일 직접 접하고 있는 겁니다. 제가 경험한 그분은 언제 어떤 상황에서도 큰 근심, 온갖 억눌림, 번민, 책임감으로 엉켜 있는 분이었습니다. 선생의 염려는 세상의 모든 것이라고 해야 맞을 것 같습니다. 여기 계시지만 저곳에 있는 사람들의 고통을 생각하며 괴로워하였습니다. 아프리카 빈민들의 삶을 놓고 늘 고뇌하였고, 지구촌의 갈등과 전쟁이 있을 때 너무 아파하셨습니다. 특히 종교 간의 갈등이 사람을 죽이는 전쟁으로까지 번질 때는 너무 심각하셨습니다.

그렇게 보면 스승은 분명히 큰 '집착'이 있으셨습니다. 결코 그것을 놓으려 하지 않으셨습니다. 오히려 숙명처럼 여기고 더 깊이깊이 다지며 스스로 '얽매임' 속에 계셨습니다. 집착을 버려서 얻는 '자유함'과는 전혀 다른 그분의 세계를 어떻게 이해하면 좋을지요.

동시대를 살았던 두 어른의 모습이 사뭇 다르다는 생각이 들며 문득 스승과 이야기하고 싶었습니다. 비행기에서 내려 출장보고를 드리기 위해 어르신을 찾아뵈었을 때 저는 슬그머니 《무소유》라는 책을 읽었노라고 말씀드렸습니다. 선생은 제 이야기를 가만히 들으시고는 빙긋이 웃으며 말씀하셨습니다.

"내가 아니라 하나님이 중심이기 때문이다. 하나님을 생각하기 때문에 그렇게 사는 거다."

스승의 힘든 삶을 안타까워하는 제자에게 당신은 되레 위로와 격려의 말씀을 주셨습니다. 지금 이 시간도 총칼을 들이대며 서로 싸우고 반목하는 인간들을 보며 저 위에 계신 부모 되신 하나님은 얼마나 마음 아파하시겠느냐고, 자식 된 도리로 아버지의 고통을 생각하면 당신 일신의 해방만을 생각할 수 없다는 말씀이셨지요. 부족한 가운데 그분의 뜻을 따르기 위해 노심초사 애써 오던 제게 그분의 말씀은 가슴 깊이 새겨졌습니다.

하나님을 생각하는 그분의 마음은 부모의 고통을 바라보는 자식의 심정이었습니다. 또한 세상 사람들을 생각하는 그 마음은 자식을 바라보는 부모의 심정이었습니다. 그렇기 때문에 밥 한 끼를 드실 때에도 지구 반대편에서 굶고 있는 아이들 생각에 가슴 아파하셨습니다. 결국 위로는 하나님을 부모처럼, 아래로는 세상 모든 이들을 자식처럼 바라보셨던 겁니다. 그래서 평생 스스로를 고통스러운 번민의 삶에 가두셨던 것이지요. 그것도 기꺼이.

세상 모든 고통을 떠안고 사셨던 스승을 떠올리며 다시 한 번 생각해 봅니다. 나는 과연 무엇을 쥐고 있는지, 내 삶의 중심은 어디에 있는지 말입니다.

노래 한 소절을
부르더라도

생전에 선생은 당신의 삶을 이렇게 말씀하셨습니다. 하나님의 뜻에 너무 사무치다 보니 “뜻!*” 하기만 해도 자다가 벌떡 일어난다고 말입니다. 성화聖和하는 날까지 뜻에 대한 사무침으로 단 한시도 평안할 날이 없으셨습니다.

그런데 그렇게 고달픈 삶 중에도 한편으로는 흥이 참 넘치는 분이셨습니다. 축제나 행사를 마치고 축하하는 자리에서는 꼭 여러 사람에게 돌아가면서 노래를 시키셨고, 가끔은 직접 부르기도 하셨지요. 찬송가나 성가 외에 〈허공〉 〈고향 무정〉 〈가고파〉 〈홀로아리랑〉 같은 대중음악도 좋아하셨는데, 집회나 훈독회에서도 말씀을 전하다가 불현듯 미소 띤 얼굴로 누군가에게 “노래 한 번 해 봐” 하신 적도 여러 번입니다.

제 기억 속의 스승은 땀과 눈물로 당신의 소명을 다하는 중에도 〈허공〉을 좋아하고 어쩌다가 휘파람을 부르기도 하셨습니다. 상상조차 할 수 없는 고달픈 삶 가운데에도 잘 웃으셨고 위트 있는 농담으로 사람들을 즐겁게 하셨지요. 그래서일까요. 선생께 느껴지는 권위는 대중과 괴리되어 홀로 높은 권위가 아니라 세상 모든 이들과 함께하는 따뜻한 권위였습니다.

그런 의미에서 보면 그분에게 있어 '노래'란 누군가의 본모습을 제대로 알기 위한 또 하나의 언어였던 것 같습니다. 누가 노래를 부르면 가사 한 소절, 음색 하나를 온 정신을 집중해 들으셨습니다. 남 보기에 조금 부족한 솜씨라도 마치 천상에서 들려오는 음악인 양 정말 귀하게 온 마음으로 들으셨지요.

한남동 공관에 머무실 때의 일입니다. 행사를 끝낸 후 관계자들이 함께 모여 식사를 했는데, 즐겁게 담소를 나누다가 누가 먼저랄 것도 없이 돌아가면서 노래를 하게 되었습니다. 선생이 그중 한 사람에게 "○○도 한곡 불러보지?" 하셨습니다.

그런데 마침 지목을 받은 사람이 그날따라 좀 더 잘 불러보려는 마음이 들었나 봅니다. 평소 노래하던 음색과 달리 성악가처럼 목소리를 꾸며서 부르는 겁니다. 아무 말 없이 노래를 듣던 선생이 갑자기 노래를 멈추게 하더니 말씀하셨습니다.

"왜 엉뚱하게 부르는 거냐? 내가 듣고 싶은 건 세상에서 하나뿐인 네 목소리다. 그 좋은 목소리를 감추고 왜 남의 걸 흉내 내느냐?"

선생은 귀에 듣기 좋은, 남 보기에 잘하는 노래를 듣고 싶으셨던 게 아니었습니다. 본래 타고난 목소리, 세상에서 유일무이한 단 하나의 목소리를 듣고자 했던 것입니다.

"내가 듣는 건 그 사람의 개성이다. 노래를 듣는 게 아니라 그 사람의 개성을 듣고 있는 거다. 그렇게 생각하고 들으면 모든 노래가 즐겁고 귀하다. 음치가 부르는 노래도 그렇게 즐겁고 소중할 수가 없다. 세상에서 하나뿐인 노래가 아니더냐."

언젠가 스승이 하신 말씀입니다. 좋든 나쁘든 세상이 정한 기준과 상관없이 모든 사람은 각자의 가치가 있고 그 가치에는 경중이 없다는 뜻이었지요. 모두가 존재 자체만으로 존엄하다는 것, 그래서 어느 누구도 누구를 침범하거나 소외시킬 수 없다는 당신의 뜻을 그렇게 전하셨습니다.

하나님의 창조에서 인간은 어느 누구든 하나님의 모든 것이 담겨 있는 '개성진리체個性眞理體*'라는 것이 그분의 가르침이었습니다. 사람뿐 아니라 모든 만물 안에 하나님의 모습이 들어있다고 하셨습니다.

이는 사람이 서로를, 세상 모든 것을 아끼고 사랑해야 하는 이유이기도 합니다.

그래서일까요. 선생은 유독 꾸미지 않은 솔직한 모습을 좋아하셨습니다. 이미 타고난 하나님의 모습 그대로, 자신 본연의 모습으로 사는 것을 참 좋게 보고 예뻐하셨습니다. 남 보기에 아무리 못하는 노래라도 기쁘게 웃으며 들으셨던 것도 그것이 그 사람 본연의 모습이었기 때문입니다.

반대로 제 모습을 감추고 꾸미는 것은 반기지 않으셨습니다. 자기 자신이 귀한 '개성진리체'라는 사실을 망각한 것이니까요. 내 안에 하나님의 진리가 다 들어가 있으니 그것을 있는 그대로 발현하는 것이 가장 아름답다고 강조하곤 하셨지요.

노래를 잘하는 사람이 있으면 노래를 못하는 사람도 있습니다. 머리가 좋아 공부를 잘하는 사람이 있으면 공부 대신 몸을 쓰는 일에 재능을 보이는 사람도 있습니다. 키가 큰 사람이 있으면 키가 좀 작은 사람도 있고, 몸집이 큰 사람이 있으면 호리호리하게 마른 사람도 있습니다. 그것은 차이일 뿐 세상 기준으로 값을 매기거나 줄을 세울 수 있는 것이 아닙니다. 하나님께서 세상 모든 존재에게 동일한 가치를 부여했는데 어느 누가 함부로 경중을 따지거나 좋고 나쁘고를 판가름할 수 있을까요.

남도 귀하게 여겨야 하지만 먼저 스스로를 소중하게 여겨야 합니다.

기념일이나 축하모임을 가질 때면
어김없이 선생 양위분은 무대에 나와
함께 노래를 부르셨다.

나를 소중하게 여기지 않는 사람은 남도 아껴줄 수 없습니다.

오늘 하루, 나는 과연 귀한 '개성진리체'에 합당한 삶을 살았는지 자문해 봅니다. 꾸밈없는 솔직한 모습으로 행동했는지, 또 세상 편견에 따라 누군가를 업신여기거나 무시한 적은 없는지, 무엇보다 나 자신을 소중히 여기며 '개성진리체'에 걸맞은 귀한 하루를 보냈는지 말입니다.

* 뜻

'뜻'은 하나님의 창조이상을 말한다. 창조주 하나님이 인간과 만물을 창조하시며 사랑과 평화의 인류 대가족 세계의 이상을 세웠으나 인간조상의 타락으로 그 뜻은 실현되지 않았다. 하나님은 그 뜻을 완성하기 위해 역사 속에 구원의 섭리를 주관하신다.

* 개성진리체 個性眞理體

하나님이 창조한 모든 피조물은 창조주의 속성을 각 개체마다 갖고 있다. 내성(內性)과 외형(外形) 그리고 양성과 음성의 속성이 그것이다. 모든 개체는 공통된 속성(보편성)을 지니면서도 한 개체마다 독자적인 유일한 속성이 있다. 이를 '개성진리체'라고 한다. 하나님이 창조한 모든 피조물, 곧 인간과 만물의 존엄성은 여기에 기초한다.

존재 그대로 인정하고 귀하게 여겨라

세상에 사랑하라고 외치는 사람은 참 많습니다. 현인賢人들은 하나같이 인생의 가치를 결정하는 가장 중요한 요소가 바로 사랑이며 사랑 없이는 행복을 찾을 수 없다고 말합니다. 어느 종교든 표현만 다를 뿐 사랑을 인간의 최고 덕목으로 두고 자기 자신보다 이웃과 세상을 사랑하라고 가르칩니다. 그러나 주변을 둘러보면 사랑을 제대로 실천하는 사람은 많지 않습니다. 사실 왜 사랑을 해야 하는지, 사랑한다는 것이 대체 무엇을 의미하는지 제대로 아는 사람이 드뭅니다. 과연 사랑이 뭘까요? 우리는 왜 사랑을 해야 하며 어떻게 해야 '사랑한다'고 말할 수 있을까요? 그저 말뿐인 사랑은 사랑이 아닙니다. 진정한 사랑은 행동이 따라야 합니다.

그런 의미에서 선생의 생애는 하루하루가 사랑을 실천하는 나날이었습니다. 가까이에서 모시던 시절, 제게는 작은 버릇 하나가 있었습니다. 저는 그분과 함께 식사할 때 눈치껏 밥을 적게 먹곤 했습니다. 식사량이 많아 보일 때 특히 더 그랬습니다. 스승이 갑자기 "이것 좀 마저 먹을래?" 하실지 모르기 때문이었습니다.

매일 훈독회*를 마치고 나면 조찬을 함께 했는데, 제 기억에 스승은 음식을 남기거나 버리지 않으셨습니다. 스님이 발우공양을 하듯 밥 한 톨 남기지 않고 그릇을 깨끗이 비우곤 하셨지요. 하지만 가끔 다 드시지 못할 것 같으면 음식을 남긴 채 상을 물리지 않고 꼭 함께 식사하는 사람에게 마저 먹도록 권하셨습니다.

선생이 음식을 남기지 않으신다는 걸 알게 된 뒤로 저는 그분과 식사할 때 일부러 적게 먹곤 했습니다. 비빔밥이라도 먹게 되면 애초에 밥을 절반쯤 덜어내고 비볐습니다. 위장에 빈자리를 남겨둬야 혹시라도 남은 음식을 권하실 때 힘들이지 않고 먹을 수 있으니까요. 밥 한 톨 함부로 버리지 않는 식습관 덕분에 그분과 함께 식사를 마친 자리는 잔반 찌꺼기 하나 없이 깨끗했습니다.

가난한 시절을 겪은 어른들이 대개 그렇듯 절약하는 습관이 몸에 밴 거라 생각할 수도 있습니다. 하지만 그분의 삶은 단순한 절약이 아니었습니다. 세상 만물을 사랑한다는 깊은 철학의 발현이었습니다. 스승은 인간뿐 아니라 모든 피조물은 개성진리체로서 저마다 독

보적인 가치가 있으며, 하나님과 일대일의 관계에서 부여받은 존엄성을 갖추고 있다고 하셨습니다. 인간이 중요하게 여기든 하찮게 여기든 그와 상관없이 세상에 존재하는 모든 것에 창조주의 모습이 깃들어 있다고 하셨습니다.

"감옥에서 주먹밥 하나를 먹을 때에도 밥알 하나를 천국을 대하듯 먹었다."

선생의 말씀집에 나오는 내용입니다. 생전에 쓰신 자서전에서도 비슷한 말씀을 하십니다.

> "배부를 때에는 세계가 큰 것 같지만 배가 고프면 밥 한 알이 지구보다 더 큽니다. 밥 한 알의 가치가 그렇게 엄청납니다."

소박한 도시락 하나를 앞에 두고도 엄숙히 감사의 기도를 올리시던 그분의 모습이 아직도 눈에 선합니다. 아무리 하찮은 음식이더라도 그로 인해 당신이 힘을 얻어 세상을 위해 옳은 일을 한다면 그 음식은 세상 그 무엇보다 귀한 가치가 있는 것이라며 짧은 순간 깊은 감사의 기도를 올리셨지요. 또한 이렇게 말씀하셨습니다.

> "세상 그 무엇도 자기 자신과 연관되지 않은 것이 없고

인간과 인간, 인간과 자연, 나아가 사물과 사물까지도 뗄 수 없는 관계성을 지니고 있다."

개체 하나하나가 존엄하고 그 모두가 서로 긴밀하게 연결되어 있다는 말씀이셨습니다. 바로 여기에 만물을 사랑해야 하는 철학적 근거가 있습니다. 사람에 대한 사랑, 나아가 만물에 대한 사랑은 바로 그런 마음에서 출발합니다.

그분의 말씀대로라면 우리는 세상 그 무엇도 함부로 대할 수 없습니다. 선생은 하다못해 수건 한 장도 함부로 쓰지 않으셨습니다. 지방이나 외국 출장 중 이틀이고 사흘이고 호텔에 머무를 때 꼭 수건 한 장만 사용하셨습니다. 그분이 떠난 후 살펴보면 젖은 수건은 단 한 장뿐 다른 수건들은 손자국 하나 없이 그대로였습니다. 그것도 큰 수건은 손도 대지 않으셨습니다. 작은 수건 하나로도 충분하고, 당신이 그것을 귀하게 생각하고 아껴 써야 그 사물의 가치가 높아진다는 말씀이셨습니다.

그런 이유로 양말 한 켤레조차 함부로 빨지 못하게 하셨습니다. 얼마 걷지 않았고 더러워지지도 않았는데 그냥 빨아버리면 그건 귀하게 쓰는 게 아니라는 말씀이셨습니다. 양말을 벗어두면 모시는 사람들이 바로 가져가서 빨아버리니 남모르게 바지 주머니에 숨겨두신 적도 있습니다. 세상에 존재하는 모든 것이 저마다의 독자적인 가치가 있기에 세상 모든 만물을 귀하게 여기고 사랑해야 한다는 철학을 매 순간 그렇게 전하고 계셨습니다.

함부로 대하지 않고 감사한 마음으로 귀하게 다루는 것, 그것이 바로 만물을 사랑하는 방법이었습니다. 선생은 상대의 가치를 극대화시켜 주는 것으로 사랑을 실천하셨습니다. 그저 말로 위하는 것이 아니라 행동으로 고유의 가치를 인정하고 소중히 대하는 것이 사랑이라고 강조하셨지요. 길가에 핀 이름 모를 들꽃 한 송이조차 유일무이한 그만의 가치가 있고 그 가치는 누구도 함부로 대해서는 안 된다고 말씀하셨습니다.

식구들과 윷놀이. 존재를 그대로 인정하고 상대의 가치를 극대화시켜 주는 것으로 사랑을 실천하셨다.

요즘 저는 산에 자주 오릅니다. 산에 오르다보면 큰 나무 기둥이나 가지가 길을 가로막을 때가 있습니다. 계속 산에 오르려면 기둥을 밟든 가지를 꺾든 해야 합니다. 하지만 그럴 때 저는 기둥이나 가지에 손발을 전혀 대지 않고 일부러 돌아갑니다. 산이 있어 마음을 쉬게 하고 스스로를 돌아볼 수 있는데, 그런 기쁨을 주는 자연을 함부로 손대어선 안 될 것 같은 생각이 들어서입니다. 산에 오르며 느끼는 기쁨을 생각하면 작은 나뭇가지조차 함부로 꺾지 못합니다. 그 모습이 망가지지 않도록 더욱 조심히 발길을 옮깁니다. 사랑한다는 건 존재 그대로를 인정해주고 귀하게 여기는 것입니다. 귀하고 소중하게 대함으로써 그 가치를 최대한 높여주는 것입니다. 이는 사람으로 살아가고 있는 우리 모두의 의무이기도 합니다.

사람에 대한 사랑, 자연에 대한 사랑, 나아가 세상 모든 존재에 대한 사랑…. 그분이 보여주신 그 무한대의 사랑은 감히 흉내 내기 어렵습니다. 그 사랑을 다 이해한다고 말할 수도 없습니다. 다만 그분께서 보인 사랑의 실천, 말씀과 행동이 하나 된 삶을 기억하며 생전에 우리에게 남기신 희망의 등불이 사라지지 않도록 하루하루를 최선을 다해 살아갈 뿐입니다.

죽음은 축복의 또 다른 이름

선생께서 육신을 벗으신 지도 벌써 10년이 되었습니다. 그 시간만큼 머릿속의 기억도 흐려질 법한데 그리움은 오히려 해를 거듭할수록 짙어집니다. 죽음은 모든 인간이 겪는 인생의 당연한 과정이지만, 아직도 제 마음은 떠난 그분을 놓지 못하고 있는 것 같습니다.

이른 새벽 여명이 찾아들기 전의 깜깜한 어둠 속에 눈을 뜰 때면 세상에 그분이 계시지 않는다는 생각에 형언할 수 없는 고독을 느낍니다. 그럴 때마다 '지금 이 순간 선생의 따뜻한 체취를 다시 느낄 수 있다면 얼마나 좋을까' 하고 되뇌곤 합니다.

하지만 그분께서 늘 강조하셨듯 죽음이 삶의 끝은 아닙니다. 선생의 말씀집을 보면 죽음에 대해 많은 이야기가 나옵니다. 죽음은 낙담

해야 할 사건이 아니라 한 걸음 올라서는 중요한 과정이라고 말씀하며 죽음에 대해 공포를 가져선 안 된다고 가르치셨지요.

그래서 선생께선 일찍이 인간의 죽음을 '승화昇華'라 이르셨습니다. 지금보다 한 단계 더 높은 상태에 이른다는 말입니다. 그런데 이 땅에서의 섭리적 기준을 이룬 후, 이를 다시 '성화聖和'로 정정하셨습니다. 더 높고 좋은 곳에 이르는 것을 넘어 성스러운 존재로 완성된다는 의미입니다. 그런 의미에서 보자면 인간의 죽음은 축복입니다. 육신은 흙으로 돌아가지만 영혼은 성장해서 영계, 곧 사랑의 세계로 들어가 영원한 삶을 이어가는 것입니다. 시간과 공간의 제약을 받는 육신의 한계를 벗고 하나님이 애초 창조하신 완성의 공간에서 오로지 사랑으로 충만한 삶을 맞게 되는 것입니다.

인간은 세상에 태어날 때 울음과 함께 첫 숨을 쉽니다. 탄생은 고통입니다. 그래서 어느 누구도 웃으면서 세상에 나오는 법은 없습니다. 하지만 세상은 설렘과 기대를 안고 새 생명을 맞습니다. 태어난 아기는 울지만 엄마는 우는 아기를 보며 환한 미소를 보입니다. 온 가족이 생명의 탄생을 기뻐합니다. 그렇게 누구든 축복 속에서 세상에 태어납니다.

죽음도 다르지 않습니다. 세상에서 마지막 숨을 쉴 때까지 사람은 세상에 대한 미련을 놓지 못합니다. 남은 이들에 대한 걱정, 살아온 지나간 날들에 대한 미련이 없는 사람은 없습니다. 하지만 우리가 알지 못하는 저쪽 세상에서는 먼저 도착한 이들이 힘겨운 세상살이를 잘 마친 우리를 두 팔 벌려 기다리고 있습니다. 그래서 스승은 생명의 유한함을 두려워하는 사람들에게 늘 이렇게 말씀하셨습니다.

"이 세상에서의 끝을 두려워하지 마라. 저쪽 세상에서는 환영식을 준비해 놓고 기다리고 있다. 그러니 웃으면서 즐겁게 떠나라. 그곳은 상처도 고통도 없다. 세상에서 헤어진 사랑하는 모든 이를 다시 만날 거다."

죽음을 기쁘게 맞이하려면 영계를 알고 뜻 맞게 잘 살아야 한다고 누누이 일깨워 주셨다.

'축祝 영계입성靈界入城*', 선생이 성화식 때 친필로 써주셨던 문구입니다. 힘든 세상살이를 마치고 비로소 영원의 세계로 들어서는 것을 그렇게 축하해 주셨습니다.

선생이 세상의 섭리적 책임을 마치고 영계로 떠나신 뒤 한 40일쯤 지난 뒤였습니다. 성화하신 지 벌써 한 달 이상 지났지만 사무친 그리움에 베갯잇을 눈물로 적시는 날이 계속되고 있었습니다.

그러던 어느 밤이었습니다. 무의식의 부름이 그분께 닿았던 걸까요. 까무룩 잠이 들었는데 꿈결에 선생을 뵈었습니다. 스승은 아주 큰 화물차를 직접 몰고 제 앞에 오셨습니다. 운전석에 사다리를 타고 올라야 할 만큼 화물차의 크기가 엄청나게 컸는데, 짐칸에는 황금빛 곡식이 넘칠 만큼 한가득 실려 있었습니다. 밭에서 막 거둔 것처럼 보이는 거칠고 싱싱한 곡물 위로 삽도 한 자루 보였습니다. 너무 가슴이 벅차 인사도 제대로 못 드리고 있는데 선생이 싱긋이 웃으며 말씀하셨습니다.

"나는 이제 사람들에게 이걸 주러 간다. 잘 있거라."

세상 모든 존재가 각자의 인생을 살면서 종국엔 하나로 연결되어 있듯, 이 세상과 영계 역시 죽음이라는 다리를 두고 서로 이어져 있음을 확인시켜 주시려는 걸까요. 잘 있으라는 선생의 말씀은 언젠가 맞이할 해후에 대한 언약처럼 들렸습니다. 스승은 아주 짧은 순간 제 마음에 그렇게 환한 빛을 안겨 주고는 또다시 바쁘게 떠날 채비를 하셨습니다. 트럭 한 가득 실린 황금빛 곡식을 흐뭇하게 바라보시던 그분의 눈빛이 생생합니다. 우리가 모르는 다른 세계에 존재하는 생명들에게 당신의 사랑을 또 그렇게 나눠주셨겠지요.

그 뒤 한동안 꿈에서 선생을 뵐 수 없었습니다. 다시 꿈에서 뵌 건 한참 뒤입니다. 아주 가끔씩 꿈에 그분이 보일 때면 눈물겹게 감사하지만 한편 죄송한 마음도 듭니다. 생전에도 부족함이 많아 걱정을 끼쳐드렸는데 여전히 제가 부족한 게 아닌가 싶은 마음에서입니다.

선생의 말씀처럼 죽음은 생의 과정이며 믿는 자들에게는 커다란 축복이지만 나약한 인간은 진실을 잊고 불안과 절망에 젖곤 합니다. 저 역시 다르지 않습니다. 그분 곁에서 많은 가르침을 받았음에도 불구하고 인간적인 번민에 한숨지을 때가 많습니다.

어느 시인처럼 "아름다운 이 세상 끝나는 날, 가서 아름다웠다"고 말할 수 있는 사람이 되기 위해, 다시 뵐 그분 앞에서 떳떳한 제가 되기 위해 마지막 그날까지 맡겨진 일을 묵묵히 다 해낼 수 있도록 그저 기도할 따름입니다.

* **축**祝 **영계입성** 靈界入城

선생은 인간이 세 세상을 산다고 가르쳤다. 어머니의 모태에서 한 세상, 지상세계에서 한 세상, 그리고 육신을 벗고 무형의 영계에서 영원히 산다는 것이다. 인간의 죽음은 시간과 공간의 구속에서 해방된 영계의 탄생, 새로운 삶의 출발이기에 축복을 해야 한다는 뜻이다.

무더운 여름날이면
한남동 공관 정원에 식구들을
둘러앉히고 말씀하실 때도 있었다.

스님에게
결혼을 권함

그분과 함께했던 날들을 이야기해 보자면 '여수'에서 지낸 시간을 빼놓을 수 없습니다. 선생은 미래 자원의 보고寶庫인 바다를 터전으로 '해양섭리海洋攝理*'를 실현하기 위해 여수에 터전을 잡았고 2000년대 초반부터 꽤 여러 해를 그곳에서 지내셨습니다.

여수에서도 하루 서너 시간밖에 자지 못할 만큼 바쁘게 지내셨습니다. 한적한 바닷가에서 조금 여유롭게 지내시면 좋으련만, 여전히 선생은 매일 세계 각지로부터 보고를 듣고 중요한 섭리 일정들을 직접 관장하셨습니다.

선생을 바로 곁에서 모셨던 저는 종종 "아버님, 오늘은 바깥 구경을 나가시면 어떨까요?" 하며 몸과 마음을 쉬게 해드릴 수 있는 기회를 만들곤 했지요. 그럴 때면 선생은 소박한 차림새로 근처 전통 시장을 찾아 떡을 사 드시기도 하고, 옛 정취를 찾아 민속마을을 찾기도 하셨습니다.

그때 들렀던 곳 중 하나가 순천에 있는 사찰 선암사입니다. 선암사에 갈 때에는 꼭 저를 시켜 사람들 눈에 띄지 않게 시주를 하라고 하셨습니다. 티 나지 않도록 조용히 시주하라고 당부하셨지요.

그러고는 툇마루에 걸터앉아 주지스님과 차 한 잔을 나누곤 하셨습니다. 스님께서는 선암사의 오래된 녹차밭 등 사찰과 관련한 소소한 이야기를 전하셨고, 선생은 그런 평범한 이야기들을 하나도 놓치지 않고 열심히 들으셨습니다. 똑같이 들어도 다른 사람들은 "아, 네" 하며 건성으로 답할 일도 마음을 다해 들으셨습니다. 곁에 있는 사람이 저도 모르게 자세를 고쳐 앉을 정도로 말입니다.

그러던 어느 날이었습니다. 평소처럼 조용히 차를 드시며 스님의 말을 경청하던 선생이 불현듯 입을 떼셨습니다.

"스님들도 모두 결혼해서 자식을 낳고 살아야 합니다."

태고종에 속하는 선암사 스님들은 출가하더라도 결혼할 수 있습니다. 새삼스레 그분들에게 결혼을 권할 이유는 없었습니다. 더욱이 종교적으로 서로 다른 길을 가고 있는 사람 사이에 편하게 오갈 수 있는 대화 거리는 아니었습니다. 하지만 개의치 않고 당신의 말씀을 이어가셨습니다.

그 자리에서 전하신 말씀은 가정의 소중한 가치였습니다. 선생이 평생에 걸쳐 사람들에게 강조하신 것은 진실된 사랑입니다. 진실된 사랑은 오직 가정의 회복을 통해서만 이루어질 수 있기에, 세상 모든 사람들이 참가정을 이루고 그 안에서 참된 사랑을 일궈가야 한다고 말씀하셨습니다. 성직자들도 반드시 결혼해 가정을 이뤄야 한다고 강조하셨던 것도 그런 이유에서였습니다. 진실된 사랑을 가르치고 전해야 할 성직자가 정작 사랑의 근간인 가정을 이루지 않고 산다는 것은 이치에 맞지 않는다는 말씀이셨지요.

생生의 본질을 전하려는 그 진심이 전해졌던 걸까요. 당신이 스님의 이야기를 정성을 다해 경청하신 것처럼 스님께서도 선생의 이야기를 마음을 다해 열심히 들으셨습니다. 거부감을 보일 법한 조심스러운 이야기였는데도 말입니다.

그런 모습은 그때뿐이 아니었습니다. 그분은 인종이나 이념, 종교를 초월해 누구를 만나든 또 어떤 상황이든 본질을 담은 메시지를 꼭 전하셨습니다. 유명한 종교 지도자든 무학무식의 촌부든 상대가 누구인가는 중요하지 않았습니다.

지금에 와서 가만히 돌이켜보면 선생의 말씀은 강요나 설득이 아니었습니다. 온 마음을 담은 진심과 정성이었지요. 온 마음을 다해 듣고, 온 마음을 다해 말하는 것, 선생이 말씀을 전하실 때의 모습입니다. 선암사 스님께서는 뒷날 제게 넌지시 말씀하셨습니다.

"정말 큰 어른이십니다."

본질을 생각하는 선생의 진심이 종교라는 벽을 넘어 상대에게 전해진 것입니다. 어느 종교에 몸을 담고 있든 상관없이 홀로 수도자의 길을 걷는 사람을 만날 때면, 가정을 통한 사랑의 회복을 전하며 반드시 배우자를 만나 사랑하는 삶을 살라고 간곡히 말씀하셨습니다.

그렇게 전해진 진심은 때로 한 사람의 인생을 변화시키기도 했

2003년 12월, 순천 선암사를 방문하고 차와 더불어 스님들과 담화를 나누셨다.

습니다. 로마에서 신학을 공부한 조지 어거스터스 스탈링스 대주교가 대표적입니다. 1974년부터 15년간 워싱턴 D.C. 교구에서 일했던 그는 선생을 뵙고 2001년 축복결혼을 했습니다. 선생이 정해주신 배필을 맞아 두 명의 아들까지 얻었지요. 또한 미국성직자의회ACLC, American Clergy Leadership Conference 공동의장으로, 가정의 가치를 알리고 공동체를 재건하는 운동을 꾸준히 펼쳤습니다. 그는 한 언론매체와의 인터뷰를 통해 "철저히 하나님 중심의 목회를 하는 모습에서 문선명·한학자 총재께 매료됐다"라고 밝히며, "나를 보면 그분들이 누구인지를 알 수 있을 것이다. 두 분이 이루려고 하는 것은 영원한 평화다"라고 당당히 말했습니다.

종교, 인종, 이념을 초월해 한 가족 세상을 만들어야 한다는 선생의 의지는 이렇듯 '작지만 큰 기적'을 만들어내기도 했습니다. 생각해 보면 그분의 삶 자체가 기적이 아닌가 싶습니다. 가셨던 걸음 곳곳에 변화의 씨앗이 뿌려졌고 그 씨앗이 지금 세상 곳곳에서 싹을 틔우고 있으니 말입니다.

스승께서 그토록 바라신 세상의 평화, 참가정을 통해 온 인류가 하나가 되는 세상이 하루 빨리 실현되기를 기원해 봅니다.

* **해양섭리** 海洋攝理

하나님의 창조이상은 하나님과 인간, 인간과 자연이 창조본연의 질서 속에 한데 어우러지는 사랑과 평화의 세계다. 특별히 바다는 인류의 자원과 삶의 질을 위한 중요한 삶의 장이다. 이러한 가치를 실현하기 위해 선생의 생애와 평화운동에는 늘 '바다'가 있었다. 수산업과 양식, 해양스포츠와 리조트, 낚시 등 많은 일들이 전개되었고, 이를 통틀어 '해양섭리'라고 했다.

돈을 기쁘게 하라

"낙타가 바늘귀로 들어가는 것이 부자가 하나님의 나라에 들어가는 것보다 쉽다."

예수께서 영생을 얻는 방법을 묻는 청년을 만난 뒤 제자들에게 한 말씀입니다. 예수님은 모든 도덕의 계율을 다 지키고 있다고 자신하는 청년에게 마지막으로 가진 것을 팔아 가난한 자들에게 주라고 일렀습니다. 그래야만 하늘의 보화를 얻을 수 있다고 했지요. 하지만 이 말을 들은 청년은 슬픈 기색으로 그 자리를 떠나고 맙니다.

이 이야기는 재물에 관해 성서에서 가장 많이 인용되는 일화입니다. 예수께서 한 이 말씀을 실제로 실천한 사람도 있습니다. 당대 이름 있는 부자였던 아시시의 성 프란체스코는 가진 재산 전부를 내놓은 것은 물론 입고 있던 옷마저 가난한 사람들에게 내어주고 수도원에 들어가 평생을 극빈하게 살았습니다.

나눔과 베풂이 사랑의 근간이라는 것을 모르는 사람은 없습니다. 하지만 성경에 기록된 저 이야기가 정말 가진 재산을 모두 내놓아야만 천국에 갈 수 있다는 뜻일까요? 하늘의 복을 얻으려면 평생 재물을 멀리하며 살아야 한다는 의미일까요?

우리는 지금까지 정신적 가치가 물질적 가치보다 귀하다고 배워왔습니다. 또한 많은 사람들이 숭고한 삶을 살려면 부나 물질과는 거리를 두고 살아야 한다고 말합니다.

하지만 선생은 정신적인 가치와 물질적인 가치의 경중을 논할 때 정신과 물질이 어느 한 쪽에 치우침 없이 동일한 가치가 있다고 하셨습니다. 정신적 가치가 중요하다고 물질의 소중함을 폄하하는 건 옳지 않다는 말씀이었습니다.

부자가 하늘에 들어가는 것이 낙타가 바늘귀로 들어가는 것보다 어렵다는 성경 구절이 있지만, 우리가 살아가는 데 돈이 필요하다는 건 부인할 수 없는 사실입니다. 산에 들어가 평생 자급자족하며 살지 않는 한 돈이 없으면 제대로 살기 어렵습니다. 최소한의 돈은 사는 데 반드시 필요하고 세상을 제대로 살려면 돈을 벌기 위한 노력을 게을리해서는 안 됩니다.

문제는 돈에 대한 우리의 주관입니다.

"마음이 돈을 잘 다스려야 한다. 하늘의 질서와 가치 안에서 돈을 다룰 줄 알아야 한다. 얼마를 갖느냐보다 어떻게 쓰느냐가 중요하다."

선생은 돈 자체를 금기의 대상으로 보지 않으셨습니다. 세상 모든 만물이 그렇듯 돈에도 유일무이한 가치가 있고 돈의 가치가 더욱 빛날 수 있도록 좋은 일에 기꺼이 활용하라고 말씀하셨습니다. 돈 역시 하나의 객체로서 그 가치를 존중하고 소중히 잘 사용해서 사람과 세상에 도움이 되도록 해야 한다는 말씀이셨지요.

"돈을 가장 잘 쓰는 것은 사람과 세상을 위해서 쓸 때다. 사람의 가치를 먼저 생각하고, 그 뒤를 물질의 가치가 따르게 해야 한다. 돈이 물론 중요하지만, 물질 자체를 따라서는 안 된다."

이 말씀은 선생이 가끔씩 재물을 사용하는 모습에서 그대로 드러났습니다.

스승은 타지에서 일정을 마친 뒤 가끔 간부들을 데리고 백화점이나 마트에 가서 옷을 사주곤 하셨습니다. 고위 간부라고 비싼 곳을 데려가거나 유명 브랜드 매장을 찾는 것이 아니었습니다. 발길 닿는 대로 가서는 직접 옷을 고르셨습니다.

그런데 옷을 고르실 때 한 번도 가격표를 확인한 적이 없었습니다. 고르는 기준은 오직 '그 옷이 그 사람에게 어울리는가, 어울리지 않는가'였습니다. 그러다 보니 어떤 사람은 아주 저렴한 옷을 선물받는가 하면 또 어떤 사람은 소위 명품(?)을 선물받기도 했습니다. 하지만 선생 눈에 그 옷의 가치는 '명품인가 아닌가'가 아닌, '얼마나 그 사람과 잘 어울리고 유용한가'에 있었습니다. 사람이 철저하게 먼저고 그 뒤에 물질이 따르는 것이었지요.

흔히 우리는 물질의 가치와 정신적 가치가 서로 공존할 수 없다고 생각합니다. 하지만 그렇지 않습니다. 물질을 어떤 마음으로 대하고 어떻게 사용하느냐에 따라 그 가치는 소중한 의미를 지니기도 합니다.

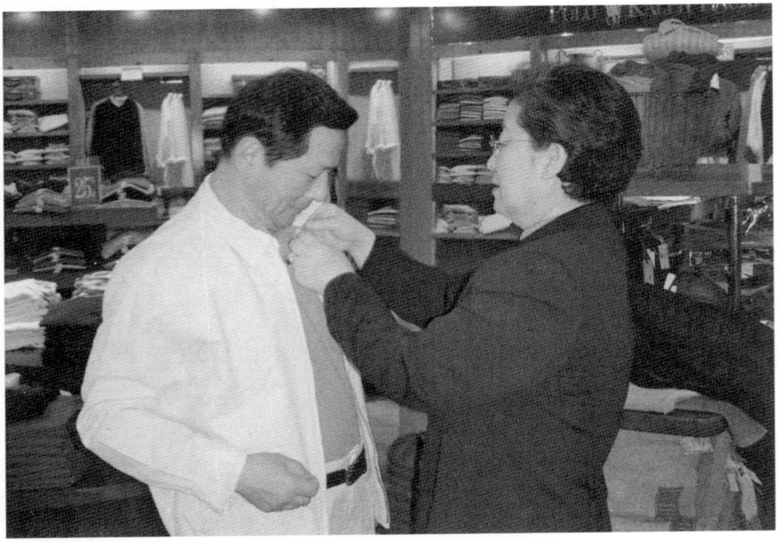

어울리는 옷을 골라 주시는 손길에서 어머니의 자상함을 깊이 느끼곤 했다.

선생은 '교육'과 '말씀'에 관련한 일을 어떤 일보다도 우선하셨습니다. 세상을 바르게 변화시키는 데 가장 필요한 것이 교육이라고 생각하셨기에 학교를 건립하거나 학생들을 교육하는 데 있어서는 부족함 없이 자본을 투자하라고 명하셨습니다. 가난한 학생들과 교수들을 무상으로 해외에 유학시키는 데에도 많은 정성을 쏟으셨지요.

또한 진리가 담긴 말씀을 세상에 전파하는 일에도 지원을 아끼지 않으셨습니다. 말씀을 책으로 출간하거나 나라 밖의 식구들에게 번역해 전할 계획이라고 말씀드리면 그 즉시 허락하곤 하셨습니다. 돈이 밑거름이 되어 더 좋은 세상이 될 때 물질의 가치가 비로소 빛이

난다는 당신의 철학을 그렇게 보이곤 하셨지요.

그런 선생이 재물에 관해 경계해야 한다고 강조하셨던 것 하나가 있습니다. 내 것이 아닌 재화를 갖고 사사로운 이익을 챙기는 것입니다. 특히 여러 사람의 땀으로 만든 공금에 함부로 손을 대는 것은 큰 죄악이라며 경계하셨습니다.

"공금을 함부로 쓰는 건 내 몸을 함부로 내돌리는 것과 다르지 않다. 내 몸을 사랑하고 봉사하는 데 잘 써야 하는 것처럼, 돈도 공익을 위한 곳에 잘 써야 한다. 돈을 사용함으로써 누군가에게 기쁨이 되고 유익함이 따라야 한다. 그렇게 된다면 쓰인 돈도 기뻐서 춤을 춘다. 세상에서의 제 역할을 다했다는 데 기뻐한다."

물질만능주의가 팽배한 시대에 돈처럼 중요한 화두가 없을 겁니다. 어느 설문조사에서 어린 학생들에게 물었더니 가장 되고 싶은 사람이 '매월 임대료를 받는 건물주'라고 했다고 합니다.

건물주가 되고 싶은 아이들을 탓할 수는 없습니다. 우리가 사는 세상이 아이들로 하여금 그런 생각을 갖도록 만든 것이니까요. 다만 돈이 전부인 양 돌아가는 세상에서 물질이라는 감옥에 스스로 갇히지 않으려면 내가 왜 돈을 좇는지, 그 돈으로 이루려는 것이 과연 무엇인지에 대한 진지한 성찰이 필요합니다. 부모라면 자라나는 아이들에게 돈을 바르게 벌어 보람 있게 사용하는 자세를 가르쳐야 하겠지요. 저는 같은 재물이라도 어떻게 사용되느냐에 따라 그 가치가 천차만별로 달라진다는 것을 그분과 함께하면서 깨달았습니다. 지금도 그 깨달음은 제가 대학을 운영하는 데 큰 지침이 되고 있습니다.

정신과 물질의 균형이 있는 삶, 물질이 정신을 도와 더 큰 가치를 이뤄내는 삶, 쉽지는 않지만 선생이 보여주신 그 철학에 어긋나지 않도록 제 마음을 들여다보고 또 들여다봐야겠습니다.

마지막 만남에서 해야 하는 이야기

세간에 이미 알려졌듯 선생은 종교활동만 하신 것이 아닙니다. 평생의 염원인 온 인류가 한 가족이 되는 평화로운 세상을 만들기 위해 여러 사회활동을 적극적으로 전개하셨습니다. 특히 관심을 가지셨던 것이 '교육'입니다. 야학활동은 물론 학교를 세우는 일부터 대학교수를 비롯한 각 분야의 전문가를 육성하고 해외연수를 보내는 등 교육사업을 적극적으로 추진하셨습니다.

그러던 중 유독 관심을 보인 대상이 대학생들이었습니다. 1960년대 이후 근대화 시기의 우리나라는 사회적으로 무척 혼란스러웠습니다. 좌익과 우익의 이념적인 갈등이 심했고, 특히 대학생들 사이에서는 공산주의에 대한 극단적인 의식화운동이 왕성하게 번지고 있었습니다. 선생은 인생에 대한 가치관도 제대로 정립하지 못한 젊은 학생들이 깊은 고찰 없이 편협한 정치이념을 갖게 되는 것을 걱정하셨습니다. 한국의 대학가가 더 이상 이념 일변도로 흘러가서는 안 된다고 생각하고 교육을 통해 대학생들의 의식을 바로잡아줘야겠다고 결심하셨지요. 당신은 갈 길을 찾지 못하고 방황하는 대학생들을 일깨우고 규합하는 일에 노력하라고 지시하셨고, 그 말씀이 계기가 되어 '전국대학원리연구회'가 발족되었습니다. 전국대학원리연구회는 대학가의 동아리로 등록해 전국적으로 학생운동을 펼쳐 나갔습니다. 운동권 학생들과 치열한 사상투쟁을 전개하기도 했지요.

1980년대 중후반 저는 서울 남부지역 지도자를 맡아 서울대를 중심으로 학생운동을 지도했습니다. 선생의 뜻에 따라 열정적으로 운동권 학생들의 교육에 임했지요. 그러던 중 우리는 그분의 지시로 운동권 학생 중 지도자급에 속하는 3천 명을 대상으로 공산주의의 실상을 제대로 가르쳐주고 미국으로 연수를 보내주는 교육 프로젝트를 진행하게 되었습니다. 교육이 막바지에 이르렀을 무렵 서울대 학생운동권 지도부 120명을 데리고 미국 연수를 떠나게 되었지요.

저와 함께 워싱턴에 도착한 학생들은 국회의사당을 비롯해 워싱턴타임스 등 선생이 이끌고 계신 평화운동의 현장들을 방문하기도 하고, 그밖의 명소를 돌며 자유주의를 직접 경험하는 기회를 가졌습니다. 그런 다음 뉴욕으로 이동해 또 이곳저곳 다니며 견학을 하던 차에 선생으로부터 연락이 왔습니다. 이번에 미국에 온 청년들이 운동권의 핵심 지도부 학생들인 만큼 당신이 계신 뉴욕 공관, 이스트가든으로 초대하셨습니다.

지시를 받은 저는 걱정이 앞섰습니다. 그 학생들 중 일부는 김일성 부자의 사진을 앞에 두고 절을 할 만큼 주체사상이 투철했습니다. 미국 연수 전에 이미 교육을 통해 많이 바로잡긴 했지만 그런 학생들을 데리고 선생께 가려니 이만저만 신경이 쓰이는 게 아니었습니다. 학생들이 어른께 어떤 말을 꺼낼지 알 수 없었고 행여 그분 앞에서 불경스러운 행동을 하지 않을까 걱정도 됐습니다.

이대로는 안 되겠다는 생각에 저는 학생들을 불러다 놓고 말했습니다. 선생이 직접 연락을 주셔서 저녁에 뵙게 될 귀한 기회가 생겼는데 솔직히 걱정이 된다고 말입니다. 무리한 걸 바라지는 않을 테니 최소한의 예의를 지켜달라고 일러두었지요.

학생들은 제 걱정에는 아랑곳 않고 그분을 직접 뵐 수 있다는 사실 하나에 무척 기뻐했습니다. 세계 평화운동을 직접 주관한 세계적인 지도자로부터 남북문제, 통일문제 등 중대한 사안에 대해 직접 들을 수 있다는 기대감에 잔뜩 들뜬 모습이었습니다. 예의를 지켜달라는 제 말에 다행히도 적극적으로 동의했습니다.

선생의 초청으로 학생들은 오랜만에 한식으로 차려진 근사한 저녁을 먹었습니다. 그 뒤 공식 집회가 시작된 건 9시 정도였고, 그분은 일련의 보고가 끝난 뒤 밤 10시가 되어서야 강단에 오르셨습니다. 오랜 시간 기다린 학생들은 설렌 마음에 눈을 반짝였지요.

그런데 연단에 선 선생은 이념이나 정치 이야기는 전혀 입에 올리지 않으셨습니다. 학생들에게 시종일관 전한 말씀은 '사랑'에 관한 것이었습니다. 인류에게 정치나 이념의 갈등 등 여러 가지 문제가 있지만 결국 가장 중요한 본질은 사랑이며, 그중 최우선으로 삼아야 하는 것이 남녀가 일대일로 순결한 사랑을 지켜가는 것이라고 말씀하셨지요. 특히 순결의 중요성을 강조하며 각자의 성性을 결혼 전까지 잘 보존하고, 결혼 후에는 참된 가정의 이상을 실현하기 위해 상대방에게 끝까지 헌신해야 한다고 재차 강조하셨습니다.

지극히 중요한 말씀이었지만 당시 학생들에게는 관심 밖의 이야기였습니다. 처음엔 무슨 이야기인가 싶어 집중했지만 시간이 지날수록 딴 짓을 하는 학생들이 눈에 띄기 시작했습니다. 한 시간 정도 지나니 밖으로 몰래 나와 잡담하는 학생들도 있었지요. 하지만 선생은 그에 전혀 신경 쓰지 않고 무려 네 시간에 걸쳐 말씀을 이어 가셨습니다. 강연은 새벽 2시가 넘어서야 끝이 났습니다.

호텔로 돌아가기 위해 버스에 올라보니 학생들 모두 피곤한 기색이 역력했습니다. 전혀 기대하지도 않은 이야기를 네 시간 동안이나 들었으니 그럴 수밖에요. 실망스럽기도 하고 몸도 지쳐서 누구 하나 입을 여는 사람이 없었습니다.

학생들과 함께 호텔에 도착해 잠이 들려는데 이스트가든에서 연락이 왔습니다. 다음날 조찬에 참석하라는 말씀이었지요. 다음날 아침 일찍 선생을 뵈니 이렇게 물으셨습니다.

"어젯밤에 학생들 반응이 어떻던가?"

잠시 머뭇거리다가 조심스럽게 대답했습니다.

"제가 버스를 탔더니 학생들이 다 눈을 감고 있었습니다."

제 딴에는 에둘러 답변을 드렸는데 선생이 "왜? 피곤했었나?" 하십니다. 그제야 말씀을 드렸습니다. "자기들이 기대하던 것과 다르다고 느낀 것 같습니다. 코드가 좀 안 맞지 않았나 싶습니다."

제 대답에 선생은 크게 웃으셨습니다. 하지만 이내 정색하더니 이렇게 말씀하셨습니다.

"오늘 가서 다시 전해라. 내 일생에 한국의 운동권 학생들을 만나는 건 이번이 단 한 번이고 마지막이다. 이제 다시 만날 기회는 없고 세상은 곧 바뀐다. 그렇다면 내가 무슨 얘기를 해야 하겠나. 정치나 이념은 금세 사라질 얘기다. 그보다 정말 변하지 않는 영구적인 것을 교육해야 하지 않겠나. 그래서 내가 사랑에 대한 근본을 이야기한 거다. 내 얘기를 모두가 이해할 거라 생각하지 않는다. 하지만 아무도 듣지 않는다고 해도 나는 근본적인 이야기를 하지 않을 수 없다. 이번이 처음이자 마지막이기 때문이다."

호텔로 돌아온 저는 그 말씀을 그대로 학생들에게 전했습니다. 그 전까지 시큰둥한 기색을 보이던 학생들은 어쩐 일인지 제 얘기를 신중하게 받아들였습니다. 현실에서 벌어지는 문제들에 대해 알아볼 방법은 얼마든지 있고 다른 데 가서도 답을 찾을 수 있으니, 당신께서는 단 한 번 할 수 있는 이야기를 전하겠노라는 그 진심이 전해졌던 모양입니다. 학생들과 함께한 모든 시간 중 그 순간이 가장 무게 있게 느껴졌습니다.

그로부터 10년이 채 지나지 않아 저는 가정연합 회장이 되었습니다. 미국에서 활동하다가 회장직을 맡게 되어 귀국을 했고, 일간지 인사동정에 제 소식이 실렸습니다. 바로 그 뒤 저는 전화 한 통을 받았습니다. 자신을 조선일보 기자라고 소개했는데 전혀 일면식이 없는 사람이었지요. 그런데 그가 이렇게 말했습니다.

"기억 못하시겠지만 대학생 때 회장님께 교육을 받고 미국에 갔었습니다. 그때 미국에서 문 총재님께 들었던 이야기가 아직도 제 기억 속에 있습니다. 그때는 무심히 들었는데 시간이 지날수록 그 말씀이 계속 생각났습니다."

가슴이 뭉클했습니다. 당시 선생은 그 만남이 단 한 번, 마지막 만남이기에 영원히 변하지 않는 본질에 대해 말해야 한다고 말씀하셨습니다. 그로부터 10여 년 뒤 단 한 번 전한 그 이야기가 누군가의 가슴에 자리 잡은 것이었습니다.

그 뒤로도 선생은 사람들 앞에 설 때마다 하나님의 뜻을 전하셨습니다. 어떻게 하면 평화로운 세상을 만들 수 있을지에 대해 열변을 토하곤 하셨지요. 늘 하는 말씀이었지만 매번 새롭게, 매번 열정을 다해 하나님의 뜻을 간절히 전하셨습니다. 그러다보면 예정된 시간을 훌쩍 넘기기가 일쑤였지요.

언젠가 서울의 한 호텔에서 행사가 열렸습니다. 예정대로라면 선생의 말씀을 두 시간가량 듣고 이후에 저녁식사를 하기로 되어 있었습니다. 그런데 5시에 시작한 말씀은 7시를 훌쩍 넘어 밤 9시까지 계속되었습니다. 행사 진행을 주관하던 저는 식사도 거른 채 네 시간을 꼬박 말씀을 이어가시는 선생이 걱정되었습니다. 더욱이 호텔 직원들은 퇴근도 못한 채 행사장을 지키고 있었습니다. 식사 시간을 한참 지났으니 참석자들도 배가 고플 것이 분명했습니다. 하지만 온 열정이 담긴 말씀을 감히 누가 막을 수 있겠습니까. 그런데 그 순간 어느 누가 손을 들고 갑자기 말을 꺼냈습니다.

"총재님, 식사 후에 계속 들으면 안 될까요?"

선생이 말씀을 멈추셨습니다. 고개를 돌려 질문을 던진 사람을 바라보셨지요. 그러고는 조용하지만 단호한 어조로 말씀하셨습니다.

"배가 고픈 사람은 나가서 먹어라. 나도 사실 배가 고프다. 하지만 나는 계속 이야기를 해야겠다. 지금 이 순간에 밥이 그렇게 중요한가. 밥은 내일도 모레도 먹을 수 있지만 지금 이 만남은 두 번 다시 오지 않는다. 내가 당신들을 언제 다시 만난다는 보장이 있는가. 나는 당신들을 일생에 한 번 만났다고 생각한다. 나는 오직 한 번 전할 수 있는 하나님의 뜻을 끝까지 전해야겠다."

생각해보면 가장 힘든 사람은 선생이셨습니다. 청중이야 그 순간 한 번 들으면 되지만 당신은 똑같은 이야기를 몇 년간 계속하셨으니 말입니다. 언젠가 여쭤보았습니다. 같은 이야기를 계속 전하시는 이유에 대해 말입니다.

"내가 아무리 말해도 너희는 깊이 새기지 않지 않느냐. 건성으로 듣고 본질을 이해하지 않지 않느냐. 너희들 가슴에 영원히 박히게 하기 위해 매일 반복하는 거다."

누구에게나 공평하게 주어지는 것이 있습니다. 바로 시간입니다.

우리는 늘 시간이 너무 빨리 지나간다며 아쉬워합니다. 하지만 실제 살면서는 그 아까운 시간을 그냥 흘려보냅니다. 정작 중요하고 소중한 것은 언제나 뒷전입니다. '나중에', '언젠가'라고 말하며 궁색한 변명을 하지요.

저는 쏜살같이 흘러가는 시간을 잡아두는 방법을 선생께 배웠습니다. 매 순간을 마치 인생의 마지막인 것처럼 여기며 사는 것입니다. 지금 내게 주어진 한 시간이 마지막 한 시간이라고 생각한다면 어떻게 보낼까요. 아마도 1분 1초를 최선을 다할 것입니다. 순간을 영원으로 만드는 건 결국 우리의 마음에 달린 일입니다.

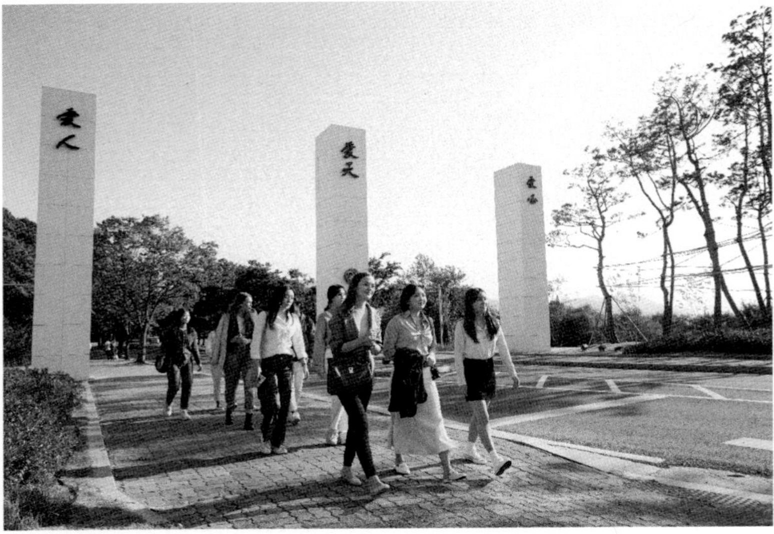

젊은 학생들이 글로벌 피스 메이커로 자라길 간절한 심정으로 바라셨다.

그런 의미에서 선생은 매 순간을 영원처럼 사셨습니다. 그 옛날 대학생들에게 사랑에 대해 논할 때 당신은 그 시간을 정말 마지막처럼 최선을 다해 쓰셨습니다. 우리 눈에는 그저 스쳐 지나는 순간이었지만 결국 그 짧은 시간은 누군가에게 영원한 기억으로 남았습니다.

세월이 무상하게 느껴지거나 모든 일이 덧없이 느껴질 때 한번쯤 '이 순간이 마지막이라면?' 하고 스스로에게 물어보면 어떨까 하는 생각이 듭니다. 누군가는 말했습니다. 오늘 내게 주어진 하루는 어제 죽은 사람이 그토록 살고 싶어 한 내일이라고.

오늘도 저는 순간을 영원처럼 사셨던 그분께 배우고 또 배웁니다. 그 가르침대로 육신의 껍질을 벗는 그날까지 매 순간을 처음이자 마지막처럼 최선을 다해 살아야겠다고 다짐해 봅니다.

2부

때론 인간적인 때론 숭고한

내 이름으로 단 한 평도 남겨두지 마라

"욕망은 수시로 모습을 바꿔가며 인간의 정신을 황폐하게 만든다. 다만 영원히 변치 않는 것에 대한 사랑만이 우리의 정신을 평화롭게 하리라."

네덜란드 철학자 스피노자가 남긴 말입니다. 부유한 상인의 아들로 태어난 그는 일찍부터 아버지의 뜻에 따라 유대교 목사직을 꿈꾸었습니다. 그러나 어린 나이에 한 청년이 교회로부터 파문을 당하는 것을 본 후 유대교에 의문을 품습니다. 이후 기독교 사상을 연구하기 위해 입학한 학교에서 스승의 딸과 사랑에 빠졌지만, 그녀는 스피노자를 배신하고 값비싼 선물을 보내준 다른 구혼자에게 떠나버립니다.

이 일로 큰 충격을 받은 스피노자는 평생 결혼하지 않고 고독하게 살며 연구에 매진합니다. 그의 연구가 세상에 알려지며 독일 하이델베르크대학 철학과 교수 자리를 제의받았지만, 그는 이를 거부한 채 안경 렌즈를 닦는 기술로 생계를 이어가며 삶의 본질을 탐구하는 데 더욱 매진했습니다. 그리고 마침내 깨달았습니다. 모든 정신적인 불행과 고뇌의 원인은 물질에 대한 애착과 욕심에서 비롯된다는 것을 말입니다.

그는 세상의 선입견을 초월해 독자적인 철학을 연구하는 과정에서 유대교로부터 파문을 당하고 상상을 초월할 만큼 어려운 삶을 살았습니다. 부유한 상인의 집에서 태어났고 죽은 형을 대신해 가업을 이어받을 수도 있었지만, 모든 정신적인 불행과 고뇌의 원인이 물질에 대한 애착과 욕심에 있음을 깨닫고 부와 명예가 수반되는 길을 스스로 버렸습니다.

그의 남루한 차림새를 본 어느 시의원이 옷만이라도 보내주겠다고 하자 "가치가 별로 없는 것, 혹은 전혀 가치가 없는 것을 값비싼 옷으로 감싸는 것은 불합리하다"며 거절했다고 합니다. 생계를 위해 렌즈를 닦았던 먼지투성이의 작업장은 결국 그에게 폐병을 안겨다 주었고 결국 45세의 젊은 나이에 생을 마감하고 말았습니다.

스피노자의 삶은 인생의 목적과 본질을 추구하는 철학적 진리는 따뜻하고 안락한 삶 안에서는 결코 찾아질 수 없다는 것을 보여줍니다. 물질적 풍요로움, 남들이 부러워할 만한 부유함으로 삶의 의미를 찾으려 들수록 우리의 삶은 마치 소금물을 마신 것처럼 갈증만 더 심해질 뿐입니다. 스피노자뿐만 아니라 당대의 많은 위인들이 한결같이 이와 같은 진실을 말해주고 있습니다. 인류사에 커다란 족적을 남긴 위인치고 사사로운 욕망이나 육체적 안위를 추구했던 사람은 단 한 명도 없습니다. 이렇듯 우리보다 앞서 살아간 선인들의 지혜가 우리 곁에 남아 있는 건 정말 다행한 일입니다. 인생을 살면서 길을 잃고 헤맬 때 적어도 나아갈 방향을 찾을 수 있도록 조언해주니 말입니다.

그런데 감사하게도 제게는 위대한 선인들이 남긴 말을 넘어, 선생 곁에서 살아있는 철학을 체험하는 선물 같은 순간이 있었습니다. 통일그룹 재단이사장 시절 직책상 재단과 관련한 살림살이를 맡아 돌봤습니다. 크고 작은 행사부터 재단 사업까지 챙기다보니 하루가 어떻게 지나는지도 모를 만큼 바쁘게 살았지요. 그러던 어느 날 스승이 제게 갑자기 이런 말씀을 하셨습니다.

"내 명의로 된 재산이 무엇이 있는지 하나도 빼놓지 말고 다 찾아봐라."

선생이 무슨 일을 시키던 때를 돌이켜보면, 그 당시에는 뜻을 헤아릴 수 없었던 적이 많습니다. 한참 지난 뒤에야 그분의 깊은 뜻이 무엇인지 이해했던 적이 여러 번이지요.

그때 선생은 그 일을 시키며 절대 자신의 소유로 된 게 있어서는 안 된다는 말을 덧붙이셨습니다. 저는 재단 소유의 부동산 전체와 주식을 모두 점검했습니다. 그렇게 다 찾아보니 단 하나, 강원도 철원에 몇 백 평쯤 되는 땅이 그분 소유로 돼 있음을 발견했습니다. 사실대로 말씀드렸지요.

> "내일 당장 재단 소유로 돌려놔라. 내 명의로는 단 한 평도 남겨두지 마라."

하루도 지체하지 말라는 말씀에 그 즉시 공적인 재단법인으로 명의를 바꿨습니다. 그 뒤로도 선생은 수시로 이 점을 명백히 하고 만인 앞에서 당신 스스로 이 세상에서 그 무엇도 소유하기를 원치 않으며, 그래서도 안 된다고 강조하곤 하셨습니다. 그리고 정말 철저하게 그 말씀대로 사셨습니다.

지금으로부터 20여 년 전 한남동 공관을 리모델링할 때만 해도 그랬습니다. 한남동 공관은 이미 오래 전에 지은 집을 매입해 쓰고 있었기 때문에 여기저기 손볼 곳이 많았습니다. 보수를 하느니 새로 짓는 편이 낫겠다는 생각이 들었지만, 선생은 최소한만 수리하고 집 형태를 그대로 유지하라고 하셨습니다.

그렇지만 양위분이 지내시기에 불편한 점이 빤히 보이는데 옛 모습 그대로 둘 수만은 없는 노릇이었습니다. 서재만이라도 넓혀드리고 두 분이 실내에서 운동할 공간 정도는 만들어드려야겠다고 생각했습니다. 하지만 선생께서는 스스로를 돌보는 일에는 무척 인색하시다는 걸 알기에 집 구조를 조금 편리하게 수리하는 것조차 고민이 됐습니다.

생각 끝에 한학자 총재께 조용히 허락을 구했습니다. 그분의 뜻을 거스르지 않는 선에서 최소한의 수리만 하겠다고 말씀을 드렸지요.

두 분 소유로 한 푼도 남기지 않았지만 뜻을 위한 일에는 무엇이든 아낌없이 주셨다.

한 총재께서 중재해주신 덕에 서재로 쓸 공간과 운동하실 방을 넓히는 것을 허락받을 수 있었습니다.

그런데 공사를 하며 건물을 뜯어보니 건물 수리가 그리 간단하지 않았습니다. 기둥이 되는 철골 골자가 다 헐어버려서 일부만 개조할 수가 없었습니다. 워낙 오래된 건물이고, 지을 당시 튼튼한 자재를 쓰지 않아 자재 모두를 교체해야 할 형편이었지요. 고민이 됐습니다.

모두 바꾸려니 본인의 안위에 대해서는 지나치리만큼 엄격하게 절제하는 선생이 용납하실지 염려가 되었지요. 도무지 당신 몸을 돌보지 않으시는 스승과 그런 스승을 어떻게든 살펴드리려는 제자 간의 따뜻한 실랑이가 며칠 이어졌습니다.

그러던 끝에 한 가지 방법이 떠올랐습니다. 기둥을 비롯해 위험할 만한 구조물들을 바꾸되, 이전에 사용한 것과 유사한 자재들을 구해다가 최대한 이전 모양을 살려보자는 생각이었습니다. 고칠 때 고치더라도 그분의 마음에 최대한 부담이 되지 않게 하려는 제 나름의 묘안이었지요. 개조한 모습이 이전과 크게 다르지 않다면 크게 문제 삼지 않으실 거라는 생각도 들었습니다.

공사를 모두 마친 뒤 내부 공간을 넓힌 것에 대해서 꾸중을 피할 수는 없었습니다. 한 총재께 미리 허락을 구하긴 했지만 워낙 사적으로 안위를 돌보는 일을 싫어하신다는 것을 알고 있었던 터라 제겐 달가운 꾸짖음이었습니다.

그런데 건물 바깥 기둥 등 외부 형태를 새로 손 본 것에 대해서는 별말씀이 없으셨습니다. 이전 모습과 거의 흡사하게 만들었더니 고쳤다는 걸 미처 몰라보신 건지 아니면 당신을 생각하는 제자의 마음을 모른 척 받아주신 건지는 지금도 알 수 없습니다.

그분을 모시는 동안 기거하시는 공간을 수리했던 것은 그때가 처음이자 마지막입니다. 그리운 마음에 지난날을 하나씩 되짚어보면 선생은 자기 자신을 위해 무언가를 하신 적이 없습니다. 극기에 가까우리만큼 스스로에게 엄격하셨습니다. 몸을 아끼지 않는 모습에 애가 탄 적도 여러 번이었지만 사私에 있어서만큼은 철저했던 그분의 검약은 화려한 치장보다 훨씬 값진 것이었습니다.

그리고 당신의 삶을 통해 우리에게 직접 보여주셨습니다. 이 세상에 내 것은 없다는 사실, 감사한 마음으로 소중히 사용하다가 모두 두고 가야 하며, 처음부터 끝까지 정말 가져야 할 것은 변치 않는 사랑뿐이라는 것을 말이지요.

전용기에서
봉고까지

선생을 모시는 동안 저는 참 많은 곳을 다녔습니다. 세계평화통일가정연합 회장으로서 국내 여러 곳을 다니며 강연을 했고, 한국 대표로 외국에서 열리는 행사에 참석한 적도 많습니다. 한국에 있을 때에도 집에 있는 시간보다 바깥에 머무는 시간이 훨씬 더 많았지요.

그런데 가만히 생각해보면 스승이야말로 평생을 길 위에서 사셨다고 할 만큼 정말 많은 곳을 다니셨습니다. 한국에 계실 때에는 서울과 지방을 하루 몇 차례씩 오가며 회의나 집회에 참석하는 것이 보통이었고, 세계적인 대회 일정이 잡히면 적게는 십여 개국부터 많게는 백 개국 이상의 나라를 한 번도 쉬지 않고 다니셨습니다. 매일 비행기를 타며 몇 개월씩을 타국에서 지내시는 게 다반사였지요. 정계,

재계, 종교계를 막론하고 전 세계 지도자 중 가장 많은 곳을 다니며 가장 많은 사람을 만난 분이 선생이 아닐까 싶습니다. 그렇듯 선생은 온 인류가 한 가족이 되는 평화로운 세상을 구현하기 위해 세계 곳곳을 다니며 말씀 선포에 평생을 바치셨습니다.

선생을 가까이에서 모셨던 사람들은 그런 삶을 지켜보며 걱정이 컸습니다. 저도 강행군을 거듭하시는 모습을 보며 '하루쯤 쉬시면 좋을 텐데…' 했던 적이 한두 번이 아닙니다. 위험천만한 곳도 마다 않고 달려가시니 안위가 염려스러운 적도 많았습니다.

한번은 미국 일정을 마친 선생은 전용기를 타고 한국으로 돌아오셨습니다. 당시에는 하셔야 할 일과 섭리의 내용이 국가를 상대로 하는 것이 많아 전용기를 이용했습니다.

그런데 미국에서 한국으로 돌아오시자마자 바로 다음날 아침 천안에서 대중 집회가 있었고, 공교롭게도 또 바로 다음날 제주도에서 대규모 집회가 예정돼 있었습니다. 그것도 오전 일정이어서 천안 행사를 마친 당일 저녁 곧바로 제주도로 가셔야 했습니다. 그러니까 선생은 미국에서 한국에 도착하자마자 다음날 아침 차를 타고 천안 대회에 참석하고, 끝나자마자 서울에 와서 비행기를 타고 또 제주도로 이동하셔야 했습니다.

얼마나 고된 일정입니까. 그렇지 않아도 미국에서부터 열 시간 이상 비행을 하셨는데 쉬시기는커녕 또다시 길 위로 나서야 하니 모시는 입장에서 걱정이 이만저만이 아니었습니다. 제 생각엔 한학자 총재께서도 대중 강연을 함께하시니 하루쯤 쉬셔도 크게 지장이 있을 것 같지 않았습니다. 하지만 그렇게 하지 않으셨습니다.

천안 집회가 오후 5시쯤 끝났습니다. 서울에서 제주로 가는 전용기의 출발 시간은 저녁 8시 40분이었습니다. 하필 토요일이어서 비행기 시간에 맞추려면 서둘러 이동해야 했습니다. 그런데 선생이 갑자기 그러시는 겁니다.

"봉고차를 준비해라."

봉고차를 타고 가면 전용차선을 달릴 수 있다는 말씀이셨지요. 선생의 말씀 덕에 비행기 시간에 늦을 일은 없었지만 불편한 승합차를 타야 하니 이동하는 시간조차도 편히 쉴 형편이 안 되었습니다.

하지만 서울로 올라오는 길에 선생은 웃으며 말씀하셨습니다. "다른 차들한테 조금 미안한데 봉고가 아주 좋구만. 앞으로는 봉고를 타고 다니자고."

피곤한 내색을 보이시기는커녕 무사히 집회를 치를 수 있다는 생각에 도리어 기뻐하셨지요.

일을 위해서, 뜻을 위해서 최선을 다하는 것, 이것이 바로 스승이 보이신 삶의 기준이었습니다. 전용기를 타고 다니며 섭리를 주관하기도 하셨지만 뜻한 바에 최선을 다하기 위해서라면 불편한 봉고차도 아주 기쁘게 타고 다니셨습니다.

성화하기 전까지 선생은 틈이 날 때마다 당신께서 직접 쓰신 원고를 읽고 또 읽으셨습니다. 보통 사람이라면 자기가 쓴 글을 몇 번씩 반복해 읽기가 쉽지 않습니다. 하지만 그분은 강단에 설 때마다 같은 원고를 수십 번 반복해서 읽고 또 읽으셨습니다. 돌이켜보건대 최선을 다하는 진지한 모습이 결국 승리로 이어졌던 것이 아닐까 싶습니다.

'최선'이라는 말의 의미를 몸소 보여주고 떠나신 지금, 제 앞에 닥친 소명이 무겁게 느껴질 때마다 그분의 모습을 떠올리곤 합니다. 스승은 아무것도 없는 무에서 유를 창조해낼 수 있음을 몸소 보이셨습니다. 아무도 지지해주지 않는, 생명이라곤 풀 한 포기 없는 광야에서 누구라도 인정하지 않을 수 없는 세계적인 기반을 닦아 놓으셨습니다. 모두가 철저히 박해하는 상황 속에서 온몸으로 맞서며 오직 최선을 다하는 자세로 섭리에 임해왔던 그분의 여정을 보면 제가 걷는 길은 쉽고 평탄한 길이라는 생각이 듭니다. 살아계셨더라면 아마 제게 이렇게 물으셨을지 모릅니다.

"내가 이 땅에서 해온 일을 생각해 봐라. 너는 정말 최선을 다해 봤느냐?"

아마 저는 죽는 날까지 최선을 다했다고 자신 있게 말하지 못할지 모릅니다. 다만 스스로 떳떳할 수 있도록 기도하고 또 기도할 따름입니다. 언젠가 그분을 다시 만나는 날 부끄럽지 않게 웃으며 인사드릴 수 있도록 말입니다.

하늘도 정성은 무서워한다

생전에 선생께서는 말씀 중에 한문 뜻풀이를 많이 하셨습니다. 하늘의 섭리와 사람으로서 추구해야 할 가치관을 한자의 뜻을 빌어 설명하곤 하셨지요. 매년 새해 첫날이 되면 깊은 의미가 담긴 문구를 붓으로 직접 쓰시곤 했는데, 매해 쓴 친필휘호를 모아 책으로 출간하기도 했습니다. 지금도 한남동이나 청평에 가면 남기신 휘호를 볼 수 있습니다. 우리 선문대학교 본관에 들어서면 '천지개벽선문학당天地開闢鮮文學堂' 휘호가 있는데, 볼 때마다 대학의 미션을 일깨웁니다.

선생이 생전에 가장 의미를 둔 한자가 있습니다. 바로 '정성 성誠' 자입니다. 모든 한자 중에 단 한 글자를 뽑으라고 한다면 이 '성誠' 자가 으뜸이라고 할 정도였습니다. 그러면서 틈이 날 때마다 이렇게 강조하셨습니다.

"하늘도 꼼짝 못하는 것이 바로 정성이다.
하늘도 정성은 무서워한다."

선생이 늘 강조하신 '정성', 정성은 '온갖 힘을 다하려는 참되고 성실한 마음'을 말합니다. 예로부터 전해오기를 지극한 정성에는 하늘도 감동한다고 했습니다. 무엇이든 정성껏 성심을 다하면 하늘이 움직여 좋은 결과를 얻는다는 의미로 '지성감천至誠感天'이라는 말도 있

새해 연두표어를 쓰기 전에 늘 생각에 잠겼다가 일필휘지하셨다.

습니다.

그런데 누구나 아는 그 말을 실천하기란 생각만큼 쉽지 않습니다. 아니 요즘 세상에는 그 말을 정말 올곧이 믿고 받아들이는 사람도 많지 않은 것 같습니다. 마음을 다하는 노력을 기울이기에 앞서 의심부터 합니다. '이런다고 뭐가 달라지겠어?' 하며 말입니다. 결국 최선을 다하기도 전에 지레 포기하고 세상 탓, 남 탓, 심지어 하늘 탓을 합니다.

그런데 저는 감사하게도 선생의 삶 속에서 정성이 무엇인지를 배웠습니다. 그분 곁에 머무는 동안 온 마음으로 정성을 다한다는 것이 무엇인지 알게 되었고, 우리가 살면서 바라는 기적 같은 일이 바로 지극한 정성을 통해 이루어진다는 것을 깨달았습니다. 그분의 삶 자체가 정성이었으니 저는 정성이라는 말의 실체를 직접 보고 체험한 셈입니다.

선생은 1970년대에 이미 가정연합의 세계화를 예견하고 서울 여의도에 세계 선교본부를 건립할 뜻을 세우셨습니다. 한국에서 가장 높은 빌딩을 지어 세계 가정연합의 구심점으로 삼고 그곳에서 섭리 완성의 꿈을 펼칠 계획을 공표하셨지요.

선생의 뜻에 전 세계 모든 식구들이 동참했고 십시일반의 정성이 한데 모여 당시 허허벌판이던 여의도 땅을 매입할 수 있었습니다. 이후 그분은 그곳을 성지로 천명한 뒤, 외국에서 돌아오실 때면 어느 한때도 거르지 않고 직접 찾아가 기도 정성을 들이셨습니다. 해가 거듭되고 강산이 바뀌어도 여의도 성지를 찾아 정성을 올리시는 것에는 변함이 없었습니다.

밤비행기로 한국에 도착하자마자 곧바로 여의도로 달려가서 하늘을 향해 기도하시던 모습이 아직도 눈에 선합니다. 하다못해 간이 천막이라도 있으면 좋으련만 허허벌판에 앉을 곳도 마땅치 않아 항상 선 채로 기도하셨습니다. 비가 오면 우산을 받친 채로 옷을 적셔가며 정성어린 기도를 올리셨지요. 기도는 늘 간절했습니다. 쏟아지는 빗속에서 기도를 올리실 때는 선생의 얼굴에 흐르는 것이 빗물인지 눈물인지 분간이 가지 않을 때도 있었습니다.

여의도 성지를 매입한 것이 1970년대 중반이니 무려 40년입니다. 그동안 선생이 세계 곳곳을 다니신 것은 보통 사람들이 직장에 다니는 것만큼 일상적인 일이었습니다. 밥을 먹듯 비행기를 타셨다고 해도 과언이 아닙니다. 그렇게 헤아릴 수 없을 만큼 외국을 다니는 동안 단 한 차례도 여의도 성지에서의 기도를 거르신 적이 없습니다.

무려 40년 가까이 한결같았던 그분의 행보는 그 자체로 정성이었습니다. 정성에 대한 확신이 없으셨더라면 불가능한 행보였지요. 그렇게 흔들리지 않는 확신을 갖고 초지일관 정성으로 산 선생이셨기에, 무언가 정성이 들어간 것이라면 그 어떤 것도 지나침이 없으셨습니다. 지방을 갈 때 행여 식구들이 준비한 음식으로 식사를 하게 되면 한 수저라도 더 들고자 하셨습니다. 식구들의 정성이 담긴 음식이라면 결코 그냥 물리는 법이 없으셨지요.

지방순회 강연을 하셨을 때 한번은 선생께 몸보신을 해드린다고 어느 식구 분이 용봉탕을 내 온 적이 있습니다. 자라와 닭을 넣어 끓인 탕인데 제가 아는 선생은 평소 그런 보신용 음식을 들지 않으셨습니다. 하지만 당신을 위하는 마음에 식구 중 한 분이 직접 끓여왔다는 말을 듣고서는 기어코 수저를 들고 맛을 보셨습니다.

외국에서 돌아오면 항상 여의도 성지를 방문하고 기도를 드리셨다.

"밥을 먹는 게 아니라, 정성을 먹는 거다."

정성은 절대로 외면해서는 안 된다는 평소 말씀은 당신의 삶 곳곳에서 그렇게 드러났습니다.

선생의 삶을 떠올릴 때면 저는 강물에 놓인 징검돌이 생각납니다. 징검돌 하나를 놓으면 그것이 무슨 의미일까 싶지만 하나가 모여 열이 되고 열이 모여 백이 되고 결국엔 강물을 건널 수 있는 다리가 됩니다. 그렇게 돌 하나씩 정성을 다해 놓은 징검다리를 결국엔 모든 이가 감사하고 기쁜 마음으로 건너겠지요. 어쩌면 그것이 이 땅에서 섭리가 이루어지는 과정이 아닌가 싶습니다.

그분께서 일생을 다해 놓아주신 징검다리를 감사한 마음으로 밟으며 저 또한 튼튼한 돌 하나를 집어다 강 위에 놓아야겠다는 생각이 듭니다. 오늘 하루를 징검다리 놓는 마음으로 살아간다면 스승이 이 땅에서 이루려고 하신 섭리의 완성에 아주 작은 보탬이라도 되지 않을까 하는 마음에서입니다.

2만 원짜리 구두와 마트 햄버거

많은 사람이 선생이 어떤 분인지 궁금해합니다. 전 세계적으로 영향력이 있는 종교 지도자, 한국의 경제성장에 큰 영향을 미친 기업가, 평화를 위해 공산주의에 맞선 승공勝共운동가 등 그분을 지칭하는 말들은 여러 가지이지만 그 어느 것도 선생을 정확히 설명하지는 못합니다. 단적인 언어로 명명하기엔 너무나 많은 일을 하셨고 너무나 다양한 모습을 보이셨습니다.

성품도 그렇습니다. 인자한 모습으로 범인과 함께 어울리시지만 한편으론 범접할 수 없는 권위가 느껴졌고, 서두름 없이 여유 있는 모습을 보이다가도 한번 뜻을 세우면 무섭게 몰아붙이는 추진력을 보이곤 하셨습니다. 보석으로 치면 형형색색으로 빛나는 오팔과도 같았습니다. 작은 육신 안에 온 우주를 품으셨다고 할까요. 그래서 선생이 어떤 분인지를 한마디로 정의내리기가 참 어렵습니다. 누군가 제게 그분에 대해 물을 때면 그저 제가 직접 보고 겪은 일들을 있는 그대로 전할 따름입니다.

가정연합 회장을 맡아 선생 곁에서 일할 무렵 이따금 선생을 모시고 속초에 가곤 했습니다. 그곳에는 당신께서 세우신 '파인리즈' 리조트가 있기 때문입니다. 그분은 거기에서 수행원이나 지인, 공무로 만난 사람들을 데리고 근처 대형마트를 찾곤 하셨지요. 리조트에 계실 때에도 세계 각지에서 진행 중인 섭리 일정에 대한 보고를 받으시는 등 공무가 많았지만, 틈틈이 가까운 이들과 김밥이나 간식을 먹으며 담소를 나누거나 근처 시장이나 대형마트에 구경 겸 나들이를 가는 등 소박한 소일거리를 즐기셨습니다.

그날도 선생은 속초 대형마트에 가셨습니다. 일반 사람들 틈에 섞여 매대를 둘러보며 이런저런 물건들을 구경하다가 구두 매대 앞에서 걸음을 멈추셨습니다. 신발 한 켤레를 사야겠다고 하시더니 대뜸 구두 한 켤레를 고르셨지요. 선생이 집으신 건 2만 원짜리 값싼 구두였습니다.

그런데 그 신발이 편하셨나 봅니다. 그 뒤로 선생을 뵈러 속초에 오는 사람마다 그 구두를 사주시는 겁니다. "내가 이걸 사서 신어봤는데 참 가볍고 편하더라" 하시면서 말입니다. 상대가 누구인지는 중요하지 않았습니다. 지위가 높은 사람이든 평범한 시민이든 상관하지 않고 기꺼이 선물을 하셨습니다.

그것이 바로 물질에 대한 그분의 판단기준이었습니다. 물질의 가치란 값비싼 가격이나 남의 시선에 있지 않았습니다. 중요한 것은 '그것이 얼마만큼 유용하게 쓰이느냐, 그것을 사용하는 사람에게 어떤 가치가 있느냐'였지요. 가치 있는 물건을 찾는 데 있어 명품 매장이든 시장이든 장소는 상관치 않으셨습니다. 어떤 것이든 귀하게 쓰인다면 그것이 곧 물질로서의 가치가 있다는 것을 행동으로 보이셨습니다.

한 예로 선생은 평소 맛도 좋고 간편하다며 햄버거를 즐겨 드셨습니다. 좋은 곳에 가서 대접 받으며 귀한 음식을 드실 기회가 없었던 것이 아닙니다. 공무상 만찬 자리에 참석하긴 해도 일부러 값비싼 레스토랑을 고집하지는 않으셨습니다. 여수에 머물던 시절에도 순천의 한 대형마트에 있는 햄버거 집을 즐겨 찾곤 하셨지요. 비싼 음식이든 소박한 음식이든 내 몸에 힘을 줄 귀한 양식이니 감사하고 귀하게 먹어야 함을 은연중에 보이곤 하셨습니다.

제 눈에는 그 모습이 늘 당당하고 자유로워 보였습니다. 곁에서 모시는 사람들은 '조금 더 좋은 걸 드셨으면', '조금 더 좋은 걸 입으셨으면' 하는 마음이었지만, 선생은 당신 스스로 당신만의 가치를 부여해 그런 것들을 즐겨 취하셨습니다. 발을 편안하게 해 섭리를 향한 당신의 걸음을 편하게 한다면 그 신발이 바로 최고의 명품이라는 것이었지요.

아프리카의 어느 부족에게는 원숭이를 사냥하는 특별한 방법이 있다고 합니다. 이들은 원숭이를 잡기 위해 창이나 칼 따위는 쓰지 않습니다. 필요한 건 작은 단지와 그 안에 넣을 미끼뿐입니다. 방법은 간단합니다. 원숭이의 손이 겨우 들어갈 만큼 주둥이가 작은 단지에 먹을 걸 넣어두고 입구만 보이게 땅에 묻어 놓습니다. 그리고 하루 정도 기다렸다가 단지를 묻은 곳으로 가보면 원숭이가 손을 단지에 넣은 채 오도 가도 못하고 있다고 합니다. 도망을 가려면 움켜쥔 음식을 놓아야 하는데 먹을 욕심을 버리지 못해 손을 못 빼는 겁니다. 원숭이가 잡히는 건 결국 제 욕심 때문입니다. 욕심이 스스로를 구속하고 결국 목숨까지 잃게 하는 것이지요.

오늘을 사는 우리의 모습도 크게 다르지 않습니다. 물질적인 것, 보다 값비싸고 남 보기에 좋은 것들을 추구하느라 사는 게 힘이 듭니다. 그것들이 가져다주는 행복이란 잠시 지나면 사라질 타인에 대한 우월감뿐인데 그것이 마치 지상 최고의 행복인 양 어떻게든 가지려고 하지요. 결국 자기 욕심 안에 스스로를 구속시키는 셈입니다. 영계에 계신 그분이 우리들의 사는 모습을 보면 한마디 하실 것도 같습니다.

"비싸고 귀한 것만 찾지 말고 스스로 비싸고 귀한 사람이 되어라."

인간의 존엄성과 가치는 결코 물질로 드러나지 않는 법인데 그 단순한 진리를 우리는 자주 잊고 살아갑니다. 세속적인 풍요를 추구하느라 누군가는 숨이 막힐 지경에 이르고, 타인에게 위해를 가하기도 하지요.

법화경에서는 '욕심은 수많은 고통을 부르는 나팔'이라고 했습니다. 2만 원짜리 구두가 주는 행복을 알면 사는 것이 조금 더 자유롭고 행복해지지 않을까 하는 건 제 착각일까요. 오늘 저녁은 선생이 즐겨 드시던 소박한 냉면 한 그릇을 먹고 싶습니다.

값비싼 레스토랑보다
대형마트의 햄버거집을
즐겨 찾으셨다.

왜 모든 사람이
그분 앞에서 압도되는가

세월이 지나가면 기억 속에서 점점 멀어지는 과거의 추억도 있지만, 정반대로 잊히는 것이 아니라 더욱 생생한 현실로, 또 더 섬세하게 깊어지는 체험들도 있습니다. 저에게는 선생과의 경험들이 그렇습니다. 생각해보면 한국 현대사에서 그분만큼 깊은 오해와 박해를 받은 분은 결코 많지 않으리라 봅니다. 종교적 편견 속에 한평생 온갖 협박을 받은 것은 물론 일제강점기에 항일운동을 하고, 북한 공산주의 치하에서 선교활동을 하다가, 해방 후 한국과 1980년대 미국에서조차 영어囹圄의 몸이 되셨으니 그 한스러움과 고통은 감히 헤아리기 어렵습니다. 그럼에도 불구하고 일생을 어떤 분노와 원망도 없이 오해와 협박에 굴하지 않고 묵묵히 하늘의 섭리의 길을 가시는 모습은 성스럽기 그지없으며 때로는 두려움마저 생기곤 했습니다. 과연 저분이 사람인가를 스스로에게 물을 정도였으니까요.

선생은 청소년 시절 하늘의 천명을 받으신 후, 진리를 찾기 위한 깊은 침묵과 고행의 청년 시절을 보냅니다. 그리고 터득한 최초의 깨달음으로 하나님과 인간의 관계를 '부자지인연父子之因緣'이라 했습니다. 하나님이 막연한 관념적 신이 아니고, 인간을 창조하고 사랑하고 지키시는 동질의 부모라는 근본원리를 토대로 신과 인간, 인류의 역사와 미래를 전망하셨습니다. 결국 하나님을 지극히 실제적 부모로 모시고 섬기는 삶, 그리고 사람을 하나님의 자녀로 위상 정립하고 평화로운 인류 대가족 사회를 위해 온몸으로 사랑하는 일이 생애의 전부였음에도 불구하고 온갖 고통과 박해를 받으셨으니 지금 되돌아봐도 얼마나 안타깝고 가슴이 저미는지 모릅니다.

가정연합 회장을 맡은 뒤 저는 출장 등 특별한 경우를 제외하고 매일 아침 선생이 주관하는 훈독회에 참석했습니다. 깜깜한 새벽에 먼저 도착해 얼마나 사람들이 많이 왔는지, 선생이 전날 저녁에 잠은 잘 주무셨는지 등을 점검하는 것이 하루 일과의 시작이었습니다.

훈독회를 시작하기에 앞서 선생은 자리에 앉기 직전의 아주 짧은 시간에 눈에 들어오는 것들을 단번에 살피셨습니다. 탁자 위의 훈독할 말씀 책자와 물컵, 필기도구, 작은 탁상시계 등 훈독회가 열리는 공간 안에 있는 것들이 잘 정돈되어 있는지 살피고는 손수 일렬로 반듯하게 놓아두곤 하셨지요. 선생을 오래 모시지 않았더라면 미처 몰랐을 찰나의 모습이었습니다. 마치 귀한 손님을 맞기 전 집안을 정리하는 것과 같다고 할까요.

그러다가 어느 순간 깨닫게 되었습니다. 선생이 손수 훈독회 자리를 살피셨던 것은 그 자리에 함께할 하나님을 위한 준비였다는 것을 말입니다. 하나님과 함께하는 자리이니만큼 시작하기에 앞서 늘 주변을 정결하게 정리하셨습니다.

비단 훈독회 때만이 아닙니다. 당신께서는 스스로 하나님을 경건히 모시는 삶을 한순간도 놓지 않으셨습니다. 누군가의 경배를 기쁘게 받으시긴 하지만 그 앞에서 항상 하나님께서 받으시는 자세를 취하곤 하셨습니다. 많은 이의 존경과 사랑을 받는 지도자로 계시지만 그 모든 영광은 당신 뒤에 계시는 하나님의 몫으로 돌렸던 겁니다.

"내가 받는 것이 아니라 하나님께서 받으시는 거다."

선생을 모시는 시간이 해를 거듭하는 동안 전에는 미처 몰랐던 그 분의 마음을 그렇게 조금씩 알게 되었습니다. 한시도 하나님에 대한 생각을 놓지 않는 마음, 언제 어디서든 하나님을 모시는 사람으로서의 자세를 잃지 않으려 노력하는 그 마음을 말입니다.

그런 특별한 일상을 함께하는 동안 저는 왜 모든 사람들이 그분 앞에서 압도당할 수밖에 없는지 조금씩 깨닫게 되었습니다. 그것은 삶 자체에서 우러나오는 권위였습니다.

지도층에서 볼 수 있는 강압적인 권위가 아닙니다. 지위나 신분, 사회적 위치가 아닌 삶 자체가 만들어낸 특별한 힘이었습니다. 당신이 전한 말씀이 스스로의 삶으로 그대로 드러나니 그 자체만으로 그분 앞에 서는 모든 사람들은 압도당할 수밖에 없는 것이지요. 지위고하를 막론하고 그 누구도 숙연해질 수밖에 없었던 것은 다름 아닌 그분의 삶이 만들어낸 권위 때문이었습니다. 그것이 바로 그분만의 영적인 권위였습니다.

선생은 한평생 이단 논쟁의 화살을 온몸으로 받아내야 했지만 당신 스스로 말씀을 체화하는 삶, 스스로 실천하는 삶을 사셨기에 단 한 번도 흔들리지 않으셨습니다. 근거 없는 말로 헐뜯거나 못을 박으려는 자에게조차 웃음을 보이셨던 것은 그만큼 말씀에 대한 확신이 컸고, 이를 스물네 시간 실천하는 삶을 사셨기 때문입니다.

그런 면에서 볼 때 선생은 세상에서 가장 큰 고통을 받으셨지만 또 세상에서 가장 행복한 분이기도 합니다. 평생을 살면서 목숨을 내줘도 아깝지 않을 신념이 있고 이를 온 마음으로 실천하는 삶을 살 수 있었으니 말입니다.

한평생 지치지 않고 하나님을 사랑하고 그 사랑을 실천하며 사셨던 그분을 그려보면서 과연 신앙을 갖고 살아간다는 것이 어떤 것인지 생각해 봅니다. 입으로는 하나님을 사랑한다 말하지만 정말 그 사랑을 내 삶 안에 실현하며 살고 있는지 새삼 부끄러워집니다.

무엇이든 '그냥'은 없다

선생과 함께한 시간이 적지 않다 보니 제게 그분의 사私적인 모습에 대해 묻는 사람이 많습니다. 그런데 꽤나 긴 시간을 아주 가까이에서 모셔왔음에도 불구하고 스승에 대해 말로 충분히 전달할 수 없는 부분이 있습니다. 세상에서 오직 그분만이 갖고 있는, 한마디로 규정할 수 없는 삶의 규범이라고 할까요.

한 예로 그 어떤 작은 행동조차 그분에게 '그냥 하는' 행위는 없었습니다. 끼니 때 밥 한 술 뜨는 것, 세면 후에 수건 한 장 쓰는 것, 봄나들이에 꽃 한 송이를 보는 행동조차 당신께서 평생 이어오신 철학이 스며들어 있었습니다. 길가의 작은 풀 한 포기에도 유일무이한 가치가 있듯 인간이 행하는 아주 작은 행위에도 의미가 있다는 당신의 철학은 평범한 일상에서도 여실히 드러났습니다. 보통 사람이라면 사소하게 넘길 평범한 일들을 그분은 매사에 신중히 의미를 두고 행하셨습니다.

그중 하나가 사진을 찍는 일입니다. 전 세계 지도자들 중에 선생만큼 많은 사람들을 만난 분이 또 있을까요. 전 세계 구석구석을 다니시며 각국 수장부터 평범한 시민에 이르기까지 그분께서 만났던 사람을 헤아린다면 수천만 명은 족히 채우고 남을 것입니다. 한 해에 수만 명 규모의 집회를 수십 차례 치를 정도이니 관례상 찍은 사진만 해도 보통 사람에 비한다면 수백 배에 이릅니다. 그런데 선생은 그 많은 사진들을 찍을 때에 단 한 번도 '그냥' 자세를 취하신 적이 없었습니다.

얼마 전에 그분과 함께한 시절에 찍은 사진들을 찬찬히 살펴보았습니다. 사진을 보며 당시의 소소한 기억들도 함께 되짚어 보았습니다. 보통 사진을 찍을 때면 대부분 정면을 응시하고 웃음 짓습니다. 하지만 그분께서 앞을 향해 정면으로 자세를 취하실 때는 섭리적으로 정말 큰 의미가 있어 기록으로 남겨야 할 때 정도입니다. 당신 생각에 그것이 하늘의 섭리 여정에서 정말 가치가 있고 후일 그 사진을 보게 될 사람들이 그로 인해 무언가 깨닫고 의미를 되짚어 볼 정도가 아니라면 쉽게 자세를 취하지 않으셨습니다.

그렇다고 배려가 깊은 그분께서 당신과 사진 찍고 싶어하는 사람들의 마음을 외면한 것은 아닙니다. 사람들이 간절히 원하니 함께 자세를 취해 주시긴 하지만 보통 정치인이나 유명인처럼 스스로 카메라 앞에 서길 원하셨던 적은 제 기억에 없습니다.

언젠가도 그랬습니다. 행사를 마친 뒤 누군가 와서 "사진 좀 찍겠습니다"라고 말씀을 올렸습니다. 처음에 아무 말씀이 없으셨습니다. 하지만 거듭된 요청에 이윽고 카메라를 향해 몸을 돌리는데 시선은 정면을 향하지 않으시는 겁니다. 바쁜 와중이었기에 함께했던 사람들은 알아채지 못했지만 바로 곁에 있던 제게는 그 미묘한 차이가 느껴졌습니다. 그 짧은 순간에도 선생은 작은 행위 하나가 지닌 가치를 가늠하고 계셨던 것입니다.

스스로를 낮춰 세상의 모든 약자와 함께하는 삶을 사셨지만 그런 중에도 늘 하늘의 섭리, 이를 이루기 위한 당신의 철학을 그렇게 철저히 지키고 계셨습니다.

지금 돌이켜보면 어떻게 그러실 수 있었을까 싶을 만큼 그 엄격함은 일상 곳곳에 녹아들어 있었습니다. 애써 입으로 말하진 않지만 매사 하늘을 먼저 생각하시고 사진 한 장 찍는 아주 작은 행위조차 보통 사람은 가늠하지 못할 영속성으로 보는 삶의 무게는 감히 말로 다 담아내기 어렵습니다.

스승을 그리워하는 마음에서 생각하면 조금은 아쉽기도 합니다. 그간에 찍은 사진이 많다고는 해도 그 안에 그분의 사적인 모습을 느길 수 있는 사진은 몇 장 되지 않으니 말입니다. 하지만 이제는 압니다. 육신의 눈으로 확인할 수 있는 사진보다는 당신의 삶을 통해 남겨주신 영성의 사진을 마음 안에 새겨야 한다는 것을 말입니다. 그것이 저 하늘에서 세상을 내려다보고 계실 그분께서 우리에게 바라는 것일 테니까요.

1950년대 바쁜 지방순회 중에
무언가를 골똘히
응시하고 계신 선생.

잠을 줄이며
수고하는 삶

그분에 대한 기억을 말할 때 훈독회* 이야기를 빼놓을 수 없습니다. 선생이 섭리를 이루어가는 과정에서 많은 제도가 재정립되었고 이에 대해 새로운 섭리적 의미가 부여되었습니다. 가정연합의 가장 기본 단위인 '참가정'의 수, 그러니까 선생께 축복받은 가정의 숫자가 연대별로 확장되어가면서 어느 일정 숫자에 이르면 거기에 섭리적 의미를 부여하고 그에 맞춰 새로운 제도를 세우셨습니다.

그중 손꼽을 만한 것 중 하나가 1997년에 제정한 '훈독회'입니다. 1997년, 360만 가정이 축복받게 되었을 때 선생은 훈독회를 만드셨습니다. 이전에도 여러 집회나 강연, 기도를 통해 말씀을 이끌어가셨지만 그때부터는 매일 아침 훈독회를 통해 설교집의 말씀을 낭독하고 그 의미를 되새길 수 있도록 하셨습니다.

당시 가정연합 회장을 맡고 있던 저는 훈독회가 제정된 이후 매일 새벽 3시 40분에 일어났습니다. 나갈 채비를 마치고 집을 나서는 시간이 새벽 4시, 선생이 기거하시던 한남동 공관에 도착하면 4시 30분쯤 되었습니다. 한남동에 도착해서는 선생이 밤새 평안하셨는지, 응접실의 훈독회 준비는 잘 되어 있는지를 점검했지요.

훈독회가 시작하는 새벽 5시가 되면 한남동 공관은 사람들로 꽉 찼습니다. 100여 명의 사람들이 공관 거실에 모여 앉아 선생이 평생을 걸쳐 완성한 말씀을 낭송으로 듣고 그 의미를 되새기는 시간을 가졌지요.

말씀을 낭송하는 시간은 대개 두 시간 정도 되었지만 훈독회는 보통 서너 시간이 돼야 끝이 났습니다. 식구들과 함께 말씀의 낭송을 들으시던 선생이 어느 부분을 재차 다시 읽게 시키기도 하고 낭송 중간에 그와 관련해 새로운 말씀을 전하기도 하셨기 때문입니다. 말씀이 길어질 때에는 일고여덟 시간, 어느 때는 온 종일을 채울 만큼 긴 시간 이어지기도 해서 새벽에 갔다가 밤에 끝나기도 했습니다. 선생이 주관하시는 훈독회는 말씀이 보다 깊어지는 소중한 자리였습니다. 말씀에 대한 그분의 정성이 끝이 없음을 다시 확인하는 자리이기도 했지요.

그런데 그렇게 긴 시간 훈독회가 이어지는 동안 선생은 물 외에는 아무것도 드시지 않았습니다. 평소 삶에 있어서도 스스로에 대한 엄격함이 보통 사람의 상상을 뛰어넘었지만 특히 말씀을 다듬고 재정립함에 있어서는 무서운 집중력을 보이셨습니다. 훈독회를 제정했을 때의 나이가 이미 일흔이 넘었다는 걸 생각하면 지금 돌이켜봐도 말씀을 향한 열정과 정성이 놀라울 따름입니다.

몇 시간에 걸친 훈독회가 끝이 나고 식구들이 각자의 일터로 돌아가면 저 역시 그날의 업무를 하기 위해 한남동 공관을 나섰습니다. 동이 트기 전에 하루를 시작하다 보니 늘 잠이 부족해 점심 때 사무실에서 잠깐 짬을 내 눈을 붙이거나 이동하는 차 안에서 곧잘 졸곤 했지요. 그때 버릇이 들어서인지 저는 지금도 낮밤 상관없이 어디서든 잠을 잘 잡니다.

그런데 선생은 열 시간 이상 훈독회를 진행한 날에도 낮잠을 자기는커녕 잠시도 몸을 편하게 두지 않으셨습니다. 식사도 하지 않고 몇 시간에 걸친 훈독회를 마무리하면 숨 돌릴 틈도 없이 곧바로 업무를 보셨지요. 특별한 일정 없는 날에도 허리를 곧추세우신 채 의자에 앉아 말씀집을 거듭 읽으셨습니다. 낮 시간에 한남동으로 전화를 걸어 보좌하는 스태프에게 선생의 안부를 물어보면 단 한 번도 쉬고 계신다는 말을 들어본 적이 없습니다.

그렇다고 잠자리에 일찍 드셨던 것도 아닙니다. 저녁 시간이 되면 저를 비롯한 간부들이 이런저런 보고를 드리기 위해 한남동 공관에 들렀는데 그 자리에서 오가는 대화가 보통 자정을 넘겨 새벽 2시나 돼야 끝이 나곤 했습니다. 훈독회가 시작하는 시간이 새벽 5시이니 평소 주무시는 시간은 고작 세 시간 남짓이었지요.

언젠가 보다 못한 제가 조심스럽게 "아버님, 너무 무리하신 일정이어서 건강이 염려됩니다. 좀 쉬시지요" 하고 간청한 적이 있는데 선생은 고개를 저으며 답하셨습니다.

"지금 이 시간에도 나라 밖에서 고생하는 제자들이 있다. 그렇게 고생하는 사람이 있는데 내가 함부로 쉴 수는 없다."

제 기억에 선생이 세 시간 남짓 취침 시간 외에 눈을 붙이는 시간은 비행기나 차로 조금 멀리 이동할 때뿐이었습니다. 그것도 매번 그러셨던 것도 아닙니다. 이동 중에도 전 세계에서 벌어지는 수많은 공무들을 일일이 챙기고 직접 지시를 내리시는 게 보통이었습니다. 고속도로를 달리는 차 안에서 문득 "저기 아프리카에 있는 ○○○에게 전화 좀 해봐" 하고 예기치 않은 지시를 내리시는 것이 예사였습니다. 몸은 한 곳에 계시지만 마음은 늘 전 세계 오지 끝까지 닿아 계셨던 겁니다.

어느 날인가는 "황 회장, 어제 훈독회 때 보니 앞에서 잘 자고 있더

구만" 하고 웃으며 지적하신 적이 있습니다. 길 위에서조차 편히 주무시지 못하는 그분 앞에서 얼굴을 붉혔던 기억이 지금도 생생합니다. 당신 자신에게는 그토록 엄격하시면서도 제자들에게는 이러한 일로 강요하거나 질책하지 않으셨습니다. 스승께서 제자들을 꾸중하실 때에는 업무를 소홀히 해 섭리 과정에 어긋나거나 사적인 욕심을 채울 때뿐이었지요. 하지만 그분이 보여주신 삶의 모든 면모는 그 어떤 훈육보다도 더 깊은 깨달음으로 제자들에게 전해졌습니다. 저 역시 숭고한 삶을 곁에서 지켜보며 느슨해지는 마음을 다잡고 주어진 사명을 되새기곤 했지요.

중국 명나라 말기의 학자 홍자성이 쓴 《채근담》에 '대인춘풍 지기추상待人春風 持己秋霜'이라는 명구가 나옵니다. 남을 상대할 때에는 봄바람처럼 부드럽게 대하며, 자신을 다스릴 때에는 가을서리처럼 엄격하게 대하라는 의미입니다.

매 순간 스스로를 담금질하며 작은 휴식조차 고사했던 그분의 수고는 가을서리에 비할 것이 아니었습니다. 일찍이 "하나님에 대한 절대순종은 하나님의 한恨을 풀어드리는 것이다. 희생적인 수고를 통하여 우리는 완성권에 도달하게 된다"고 하셨습니다.

저는 죽는 날까지 노력한다 해도 선생이 보이신 수고의 삶을 그대로 따라하지는 못할 것 같습니다. 그분의 수고와 정성은 이미 인간의 한계를 넘어선 것이기 때문입니다. 하지만 그분의 말씀처럼 모든 섭리는 피와 땀과 눈물로 결실된다는 것을 늘 마음 안에 담고 있습니다. 그래서 오늘도 게으름과 나태함이 내 안에 스며들지 않도록 마음의 고삐를 단단히 쥐겠다고 다짐을 거듭합니다.

＊훈독회 訓讀會

훈독회는 선생의 말씀집(천성경, 평화경 등)을 훈독하여 묵상하고 공부하는 일종의 기도회 같은 모임이다. 1997년 10월 13일 선생이 제정하셨다. 생전에 매일 새벽 5시에 실행하였고 현재도 전 세계 축복가정들의 생활 속에 일상화가 되어 있다. 선생이 가장 강조하셨던 축복가정의 전통이다.

사우스포인트 호텔의 추억

우리 모두에게는 저마다 삶의 스타일이 있습니다. 사람마다 기준과 가치관, 습관에 따라 삶의 방식 또는 업무의 개별성이 있지요. 그 분은 어땠을까요? 늘 너무나 크고 오묘했습니다. 선생을 모시며 제 딴에는 나름 헤아려보려 무진 애를 썼지만, 지금 생각해보니 사실상 '장님 코끼리 다리 만지기'가 아니었나 하는 생각이 듭니다.

선생은 새벽 훈독회에 나오셔서 자리에 앉으시면 우선 탁자 위 물건들을 종횡에 맞춰 가지런하게 세팅을 하셨습니다. 앉아 있는 청중들도 빈자리 없이 오와 열이 잘 맞춰져 있기를 바라셨지요. 그만큼 철저히 규범과 질서를 중히 여기셨습니다. 반면에 때로는 시간 개념이 전혀 없어 보이시기도 했습니다. 말씀을 시작하시면 끝장을 봐야

마무리가 됐지요. 오직 하나의 목적에 집중하며 모든 것을 잊으셨으니까요. 낚시를 나가셔도 마찬가지입니다. 당일 목표를 세우면 그 목표가 달성될 때까지 집중하시는 그분의 삶의 스타일은 헤아리기가 어려웠습니다.

분명한 건 선생은 하나님의 공적인 뜻에 대한 절대적 기준을 철두철미하게 지키는 가운데, 그것을 중심에 두고 시간과 공간을 가리지 않으셨다는 점입니다. 정해진 형식과 틀에 철저하면서도 다른 한편으론 그것을 철저히 넘어서는 스타일이었습니다. 한마디로 참 다이내믹했지요.

한학자 총재는 스스럼없이 다정다감하게 삶의 지혜를 가르쳐주곤 하셨다.

해외에 계실 때에 제자들이 찾아오면 늦게까지 기다리시던 그분. 아무리 한밤중이라 할지라도 인사를 받고 보고를 다 들으신 다음에야 그날의 일정을 마감하시던 분. 참 그립습니다.

라스베이거스에서 선생께서 주도하시는 국제지도자대회가 있었을 때의 일입니다. 저는 낮 시간에 그곳에 도착해 시내에서 20분 정도 떨어진 사우스포인트 호텔에 짐을 풀었습니다. 급히 샤워를 마친 뒤 보고를 드리고자 부랴부랴 두 분의 소재를 파악해 도착을 알렸습니다. 그런데 그냥 호텔에 있으라고 하며 두 분께서 직접 이쪽으로 오시겠다는 겁니다. 저는 얼른 호텔 로비 커피숍으로 내려가 두 분을 맞이했습니다. 그리고 보고를 드리려는데 로비는 소음과 사람들로 주변이 조금 어수선했습니다.

"여기서 이러지 말고, 체크인도 했다고 하니 방으로 올라가는 게 좋겠다."

선생의 갑작스런 말씀에 저는 적잖이 당황할 수밖에 없었습니다. 사실 저에게는 출장 루틴이 있습니다. 해외 출장 시 10시간 이상 비행기를 타고 숙소에 도착하면 제일 먼저 샤워를 합니다. 그러면서 입고 온 속옷과 양말을 빨아 방 안에 널어두지요. 그날도 제 루틴대로 약간의 빨래를 하여 식탁 의자에 널어둔 참이었습니다. 그런데 갑자기 방으로 올라가자고 하시니 순간 방 안에 널어둔 옷이 생각나 내심

당혹스러웠습니다.

호텔 방에 들어선 선생은 별다른 내색 없이 빨래가 걸려 있는 의자를 지나치셨습니다. 그런데 아니나 다를까요. 한학자 총재께서 식탁 의자에 대충 널어둔 옷을 보고는 이렇게 말씀하시는 겁니다.

"그렇게 두면 마르겠니. 공기가 통하질 않는데 말이다. 옷걸이에 잘 걸어서 널어야 통풍이 돼서 마르지."

마치 친자식을 대하듯 아무 스스럼이 없는 모습이셨습니다. 한 총재의 다정다감한 모습은 늘 누구에게라도 그러셨듯이 그날도 여전하셨습니다. 지금까지도 굉장히 인상 깊게 남아 있습니다. 자식 일이라면 세세한 것 하나까지 그냥 지나치는 법 없이 살뜰히 챙기고 한없이 베풀고도 더 줄 것은 없는지 주변을 살피는 여느 어머니의 인자한 모습, 오롯이 그것이었습니다. 지금도 그날 한 총재의 모습을 떠올릴 때마다 마음 한편이 뭉근하게 따뜻해집니다.

한없이 부족한 제자들의 작은 보고를 그렇게 기다리며 들어주고 격려하며 지도하시던 양위분, 공적 업무라면 언제 어디에서라도 초집중하며 온 우주의 섭리를 몇 시간이고 말씀하시던 선생. 낚싯배 위, 아울렛 상가의 벤치, 호텔 로비, 제자의 방이라도 사무실, 큰 강연장처럼 여기며 호령하시던 당신의 삶이 한없이 그립습니다.

3부

하나님의 섭리를 이루기 위한 여정

맞으면서 이기는 법

미당 서정주 선생의 시 〈국화 옆에서〉를 보면 '한 송이 국화꽃을 피우기 위해 / 봄부터 소쩍새는 / 그렇게 울었나 보다'라는 구절이 나옵니다. 한국 사람이라면 누구나 알 법한 무척 유명한 시구詩句입니다만, 사실 국화꽃과 소쩍새는 아무 관계가 없습니다. 소쩍새는 봄부터 여름까지 울다가 날이 선선해지면 남쪽으로 떠나버리고 국화는 여름 한철이 다 지나고 가을이 돼야 꽃을 피웁니다.

하지만 이 시는 아무 상관도 없는 두 존재가 사실은 떼려야 뗄 수 없는 관계임을 말해줍니다. 반드시 봄이 있어야만 가을이 온다는 사실입니다. 소쩍새가 우는 봄이 있어야만 국화가 꽃을 피우는 가을도 있는 법입니다.

봄에는 봄에 해야 할 일이 있고 가을에는 가을에 해야 할 일이 있습니다. 봄에 밭을 일구고 씨를 뿌리지 않으면 가을에 곡식을 거둘 수 없습니다. 풍성한 결실을 얻기 위해 그만큼 땀 흘리는 수고와 인내가 따라야 한다는 건 우주가 생겨난 이래 변함없이 이어져 온 자연의 법칙입니다.

〈국화 옆에서〉라는 시를 생각할 때마다 스승의 모습이 떠오르곤 합니다. 제가 아는 그분은 일평생 보통 사람은 흉내 낼 수조차 없을 만큼 많은 고통과 번민 속에 사셨습니다. 그분이 자주 하시던 말씀이 있습니다.

"땅에서 풀지 못하면 하늘에서도 풀지 못한다."

이 땅에서 평화를 찾지 못하면 하늘에서도 평화는 존재하지 않는다고 강조하며 매일매일 타락한 세상을 구원의 길로 인도하기 위해 고군분투하셨습니다. 초기 기독교가 그랬던 것처럼 심한 모함과 박해를 받기도 했습니다. 그 과정에서 없는 이야기를 꾸며내고 비난하는 이들도 많았습니다.

하지만 그 누구도 지지해주지 않는 외로운 길 위에서 그분은 결코 고통스럽다고 말하지 않으셨습니다. 적어도 제가 아는 한 단 한 번도 싫은 기색을 보인 적 없이 그 고통을 흔쾌히 떠안으셨습니다. 행여 외부에서 불합리한 방해를 받을라치면 오히려 "그냥 내버려 둬라" 하며 씩씩대는 제자들을 달래셨지요.

간혹 누군가 악의적인 공격을 하더라도 당최 싸움이 되지 않았습니다. 뭔가 대응을 해야 싸움이 날 텐데 누가 무슨 말을 하든 전혀 개의치 않고 대꾸조차 않으니 오히려 싸움을 건 쪽이 제풀에 지쳐 꼬리를 내리곤 했습니다. 시비를 건 당사자가 되레 우스워지는 상황이라고 할까요.

하지만 실무를 수행하는 제 입장에서는 그런 일들에 아무렇지 않은 듯 대범할 수만은 없었습니다. 가정연합 회장 직무를 수행하던 시절 크고 작은 행사들을 직접 주관하다 보니 이런저런 어려움이 많았습니다. 하루가 멀다 하고 해결해야 할 일들이 생겼는데, 그중 특히 까다로웠던 것이 선생이 하는 일이라면 무조건 방해하려는 사람들에 관한 문제였습니다.

큰 행사를 앞두고는 며칠 전부터 행여 생길지 모를 불상사가 염려되어 밤잠을 설치기 일쑤였는데, 아마도 스승은 노심초사하는 제 마음을 읽으셨던 것 같습니다. 앉아서도 천리 길을 내다보는 분이니 부족한 제자의 마음을 알아보는 건 일도 아니셨겠지요.

"죽음으로써 죽음을 이긴다."

지금도 제 가슴에 박혀 있는 말씀입니다. 그분은 한평생 하나님의 섭리 속에 사셨습니다. 하나님의 섭리란 곧 '맞으면서 이기는 것'입니다. 더 아프게 맞을수록, 고통이 심할수록 승리는 더 값지고 위대하게 찾아온다는 뜻입니다. 세상이 정한 기준으로 보면 이상합니다. 맞으면 당연히 지는 것이지 맞을수록 이긴다니 잘못되어도 한참 잘못된 것 같습니다.

그러나 그분은 그 말씀이 절대불변의 진리임을 당신 생애를 통해 몸소 보여주셨습니다. 사탄은 때리면서 지지만, 하나님의 섭리는 맞으면서 이긴다는 것을 당신의 삶으로 증명하셨지요. 그분에게 있어 죽음은 승리를 부르는 가장 큰 전략이었습니다. 그래서 어떤 일이든 죽음을 각오하고 생명을 걸고 도전하셨습니다. 마치 오늘이 마지막 날인 것처럼 하루하루를 사신 겁니다.

> "과거의 섭리사를 봐라. 하나님의 섭리를 주관했던 사람들 중에 고난을 당하지 않은 사람이 단 한 사람이라도 있느냐. 오해도 받고 핍박도 받고 고통도 받았다. 하나님의 섭리를 아는 사람들은 늘 맞아 왔다."

봄이 있어야 가을이 오듯 고통이 있어야 승리가 따라온다는 말씀이었습니다. 설혹 핍박과 고통이 따른다 할지라도 하나님의 섭리 안에서 그렇게 하지 않으면 안 될 사명을 기꺼이 받아 안으셨습니다. 섭리의 길이라면 어떤 대가를 치르더라도 그 길을 가셨습니다.

그분은 자신을 힐난하는 사람에게조차 손을 내미셨습니다. 그 역시 섭리의 일부라 하시며 말입니다. 당신을 적으로 돌리고 몰아붙이던 사람들도 그분 앞에 서면 말 한마디도 제대로 못했습니다. 비난은 커녕 눈도 마주치지 못한 채 고개를 숙이곤 했지요. 자신에게 비수를 꽂는 사람에게조차 한 번의 분노 없이, 오히려 '섬김'으로써 그들을 존중하셨습니다. 오직 희생과 봉사, 참사랑을 통해 이길 수 있으며 마음으로 승복하게 하지 않으면 안 된다고 하셨습니다.

시간이 지나면 모든 것을 알게 될 거라는, 진위는 역사가 흐르면 밝혀진다는 그분의 말씀이 요새 들어 자꾸 생각이 납니다. 그리운 마음에 말씀을 떠올릴수록 또 깨닫게 됩니다. 이 세상을 떠난 뒤에도 부족한 제 곁에서 이렇듯 가르침을 주고 계십니다. 늦은 저녁 잠자리에 들기 전 당신이 흔쾌히 걸으셨던 그 가시밭길을 저도 씩씩하게 걸을 수 있도록 다시 한 번 청해봅니다.

섭리를 따르는 길,
최선을 다하는 열정

한 번이라도 연단에 서서 청중을 대상으로 강연을 해본 적이 있는 사람은 잘 알 겁니다. 여러 사람을 마주하고 이야기를 전하는 것이 얼마나 어렵고 힘든 일인지 말입니다. 설교는 더 그렇습니다. 단순히 지식을 전하는 것이 아니라 듣는 이로 하여금 무언가 다른 행동을 할 수 있도록 마음의 변화를 일으켜야 하기 때문입니다. 진심을 다해 말하지 않으면 청중의 마음은 움직이지 않습니다. 그만큼 영적인 에너지가 많이 소모됩니다.

가정연합 회장을 맡고 있을 때는 거의 매일같이 서울을 비롯해 각 지방 도시를 순회하며 설교를 했습니다. 강연을 마치고 연단에서 내려오면 진이 다 빠지곤 했습니다. 한마디 한마디 혼신을 기울여 전하다 보면 나중에는 목소리가 쉰 채로 연단에 오른 적도 많습니다. 생전에 수백 권의 설교집을 남긴 선생의 행적에 비하면 감히 입에 올릴 수 없을 정도이지만 말입니다.

그 시절에는 매 순간 정말 최선을 다했다고 생각했지만, 지금에 와 찬찬히 돌이켜보면 부족하고 아쉬운 점이 많습니다. 또한 과연 나는 지금까지 목숨을 걸고 사명을 다하며 살아왔는지 자문해보게 됩니다. 자신의 온 생명을 바쳐 소명을 완성한 그분을 떠올리면 아직도 한참 부족한 제 모습에 부끄럽고 죄스러운 마음이 듭니다.

선생이 평생 행하신 모든 일은 하늘의 섭리를 따르기 위한 것이었습니다. 또한 어떠한 일을 하더라도 마치 그 순간이 생의 마지막인 것처럼 최선을 다하고 온 힘을 다하셨습니다. 감히 설명해본다면 그것은 스스로를 그냥 '던지는' 모습이었습니다.

2005년 9월 선생은 인간이 지금까지 계속 반복해 온 전쟁과 대결의 역사를 종식시키고 인류 평화운동의 근원적 대안을 마련하고자 '천주평화연합UPF, Universal Peace Federation'이라는 세계적인 평화기구를 창설하셨습니다. 이전에도 이미 '열린 교회', '열린 종교'의 모습이었지만 종교와 문화, 민족과 인종의 벽을 허물고 국제적인 평화운동에 더욱 박차를 가하기 위해 '민간 유엔'의 역할을 자처하고 나선 것입니다. 지구상의 모든 사람이 조화와 협력, 공영 속에 사는 평화세계를 실현하기 위해 각국의 종교·학술·정치·시민사회 지도자와 관련 단체

등을 결속했습니다.

선생은 미국 뉴욕에서 창설대회를 개최한 뒤 120일 동안 120개국을 순방하며 특별강연을 하셨습니다. 전·현직 국가수반 및 지도자들을 일일이 만나 전 세계가 함께하는 '천주평화연합'이 시작되었음을 공표하고 인류 평화운동의 근원적 대안을 설파하셨습니다.

하루에 한 나라입니다. 도시에서 도시로 이동하는 것도 힘든 일인데 하루에 한 나라씩을 다니며 매일같이 땀을 흥건히 쏟으며 연단에 서셨습니다.

선생의 강연을 단 한 번이라도 들어본 사람은 알 것입니다. 그분의 강연은 단순한 설교가 아니라 그 자리에 참석한 모든 청중에게 당신의 혼과 생명을 불어넣는 일입니다. 말 그대로 '목숨을 바치는' 제사입니다. 그 마음이 얼마나 간절하신지 어느 때는 강연을 하면서 흘린 땀으로 와이셔츠가 흠뻑 젖고, 넥타이에선 땀방울이 떨어졌습니다. 설교 중에 기도하시며 눈물을 쏟은 적도 여러 번입니다. 그렇게 온몸을 내던지는 강연을 하루도 빠지지 않고 120일간 계속하신 겁니다. 매일 한 나라씩 이동하는 동안 햄버거나 샌드위치 등으로 간단히 식사를 해결하고 이동 중에 잠깐씩 쪽잠을 청하며 강행군을 고집하셨습니다. 그렇게 고생하며 120개국의 강연을 마친 선생은 그해 12월에 한국으로 돌아오셨습니다. 일산 킨텍스에 마련된 특설대회장에서 특별강연회 겸 귀국환영대회가 열렸습니다.

"오늘의 인류는 영원한 평화세계를 정착시킬 것이냐, 아니면 이제껏 반복돼 온 암울한 전쟁과 대결의 역사를 또다시 되풀이할 것인가 하는 대전환기에 처해 있습니다. 천주평화연합은 유엔이 하지 못한 한계를 극복하고 종교와 영적 각성을 바탕으로 지구촌 분쟁과 전쟁을 막는 데 민간 유엔의 역할을 하게 될 것입니다."

인류 평화를 바라는 당신의 바람이 대회장에 모인 5만 명의 청중에게 고스란히 전해졌습니다. 말씀을 전하는 선생의 뜨거운 눈빛이 아직도 눈에 선합니다.

그렇게 마지막으로 한국에서 대회를 하고 나서야 120일간의 대장정이 끝이 났습니다. 모든 행사를 마치고 늦은 오후에 서울 한남동 공관을 찾았습니다. 차 한 잔을 하며 담소를 나누던 중에 스승은 나지막이 말씀하셨습니다.

"내가 이번 순회를 떠날 때 '과연 살아서 돌아올 수 있을까?' 하는 생각을 했다."

가슴이 덜컥 내려앉았습니다. 120개국 순회강연을 위해 비행기에 오르는 순간 그런 생각을 하신 것이었습니다. 다시는 이 땅을 밟을 수 없을지도 모른다는 절박한 각오, 생사를 거는 다짐을 하며 먼 길을 떠나셨던 겁니다.

열정熱情. 어떤 일에 열렬한 애정을 가지고 열중하는 마음을 말합니다. 그분을 생각할 때마다 제 머릿속에는 '열정'이라는 단어가 함께 떠오릅니다. 이전에도 없었고, 앞으로도 다시없을 이분께 저는 열정이라는 말이 과연 어떤 의미인지 직접 보고 배웠습니다.

'나는 과연 죽음을 불사할 만큼 열렬히 행동하고 있는가. 과연 내 삶에 열정이라는 말을 붙일 수 있는가.'

매일 새벽 저 자신에게 던지는 질문입니다.

어쩌면 우리는 우리에게 주어진 모든 것들을 너무 당연히 생각하고 불평불만을 늘어놓고 사는 건 아닌지 모르겠습니다. 열심히 사는데 나만 잘 안 되는 것 같고 내가 가진 재능이 한없이 부족해 보입니다. 나를 몰라주는 세상이 싫습니다. 하지만 세상을 탓하기에 앞서 먼저 물어봐야 하지 않을까요. 과연 나는 정말 최선을 다했는지, 목숨을 걸 만큼 내 안의 열정을 불살라 보았는지를.

'연탄재 함부로 차지 마라 / 너는 / 누구에게 한 번이라도 뜨거운 사람이었느냐.'

선생에 대한 그리움에 잠이 오지 않는 이 밤, 안도현 시인의 〈너에게 묻는다〉의 한 구절을 되뇌어 봅니다.

말씀을 전할 때면
한 가지라도 더 알려주고 싶은 마음에
시간 가는 줄 모르셨다.

대통령 앞에서도 할 말은 한다

가정연합 회장을 맡았던 시절, 하루 일과는 한남동 공관에서 시작해 한남동 공관에서 끝이 났습니다. 이른 새벽 훈독회를 마친 뒤 양위분께 인사를 드리고 한남동을 나서는 시간이 오전 8시 정도였습니다. 낮 시간에 공무를 보고 저녁이면 다시 한남동 공관에 들러 선생과 늦은 밤까지 업무보고를 비롯해 이런저런 이야기를 나누곤 했습니다.

그날도 저는 아침 일찍 선생을 뵙고 업무를 보기 위해 사무실로 나섰습니다. 차를 몰고 한남동 고갯길을 내려오는데 전화 한 통이 걸려왔습니다. 청와대였습니다. 김대중 대통령과의 면담 자리가 마련되었으니 선생을 모시고 청와대에 11시까지 방문해달라는 내용이었습니다.

당시 선생은 미국을 비롯한 세계 곳곳에서 세계 평화를 위한 섭리 여정을 어느 정도 마무리하고 한국에 돌아와 계셨습니다. 당신의 조국이자 신앙의 조국인 한국에서 보다 큰 뜻을 이루기 위해 귀국하신 것입니다. 가정연합 회장을 맡고 있던 저는 선생이 한국에서 본격적으로 활동하시게 되었으니 우리나라 각계 지도자들에게 그분의 뜻을 전할 필요가 있다고 생각했습니다.

다행히 당시 정치 지도자들 중에 관심을 보이는 사람들이 적지 않았습니다. 선생은 1970~80년대부터 각계의 지도자, 대학교수와 학생들이 해외연수를 할 수 있도록 적극적으로 지원하셨고, 나라 밖에서 알게 모르게 고국을 위해 여러 지원을 아끼지 않으셨습니다. 그러다 보니 지도자급 인사들 중에 문 총재에 대해 궁금해 하는 사람들이 아주 많았습니다.

이에 저는 우선 국회의원들을 대상으로 강연회를 준비했습니다. 국회의사당에서 열린 강연회에서 선생은 전 세계가 인종과 종교, 이념의 갈등을 극복하고 하나님을 중심으로 참가정이 기반이 된 인류 대가족 사회를 이루어야 한다고 강조하셨습니다. 이를 위해 남북분단 현실을 극복해야 한다는 것도 명백히 하셨습니다.

강연회를 성공리에 마친 뒤 저는 청와대 측에 김대중 대통령과의 회담을 요청했습니다. 사실 당시 김 대통령은 이전부터 이미 선생과 인연이 닿아 있었습니다. 1980년대 초 김 대통령이 미국에서 망명 생활을 하는 중에 이런저런 어려움에 처했을 때 선생은 당신 휘하의 사람을 통해 김 대통령을 돕게 했습니다. 후일 한국에 돌아가게 된 김 대통령이 자신에게 도움을 준 사람에게 함께 귀국하여 정치활동을 할 것을 제안했는데 이를 전해 들은 선생이 "그 길은 네 길이 아니다"라고 하며 막으셨습니다. 도움은 순수한 도움으로 끝내야 할 뿐 그것이 권력과 결부되어선 안 된다는 뜻이셨지요. 전해 들은 바로는 이 일로 김 대통령은 선생께 깊은 인상을 받았다고 합니다.

이후 김대중 대통령은 세계일보 창간식 등 통일교회의 다양한 행사에 종종 얼굴을 비쳤습니다. 비록 정치적 성향과 가치관, 종교는 달랐지만 고난을 딛고 이상을 향해 나아가는 선생의 모습에 예의와 존경을 표하곤 했습니다. 그러다가 한국으로 돌아오신 후 정식으로 만남의 자리가 성사된 것입니다.

청와대로부터 갑작스럽게 연락을 받은 저는 곧바로 한남동 공관으로 차를 돌렸습니다. 청와대에서 방문 요청이 왔다고 조심스럽게 말씀드렸지요. 그런데 공교롭게도 그날 오전 선문대 방문 일정이 잡혀 있었습니다.

"이미 선약이 있으니 청와대엔 못 간다."

스스로 정한 일이나 약속을 이행하는 데 있어서는 번복이 없는 선생이셨습니다. 한 번 정한 일정을 바꾸는 법이 없으셨지요. 워낙 선생의 성품을 잘 알고 있던 저는 무척 난감했습니다. 그런데 정말 다행히 이를 지켜보던 한학자 총재께서 나서 주셨습니다. 일정을 바꾸는 것까지는 아니어도 오후 정도에는 시간을 내도록 조정을 해주셨지요. 청와대 측에 다시 문의해보니 오후 2시로 약속을 미뤄도 괜찮다는 회신이 왔습니다.

중간에 조율을 하는 입장인 저는 진땀이 흘렀지만 우여곡절 끝에 선생을 모시고 그날 오후 청와대를 향했습니다. 사석에서 처음 대면한 김대중 대통령은 만면에 웃음을 띠고 반갑게 맞이했습니다. 그간 여러 행사에서 인사를 나눈 적은 있지만 서로의 생각과 마음을 교환하는 자리는 그때가 처음이었습니다. 당신께서도 대통령에게 예를 갖춰 반갑게 인사하셨습니다. 그런데 자리에 앉은 그분이 불현듯 이렇게 말씀하시는 겁니다.

"그동안 나는 텔레비전이나 신문에서 김 대통령께서 하는 말을 많이 들었소. 그런데 김 대통령은 내 얘기를 제대로 못 듣지 않았소? 그러니까 오늘은 내 얘기를 좀 들어줬으면 좋겠소."

애초에 예정된 대통령과의 접견 시간은 40분이었습니다. 그런데 선생은 40분을 훌쩍 넘겨 한 시간이 넘도록 당신의 이야기를 이어가셨습니다. 자세 한 번 흐트러뜨리지 않고 이어가신 말씀은 한국의 미래에 관한 것이었습니다. 긴 시간 말씀을 요약하면 이렇습니다.

"한국이 이만큼 경제성장을 이루었지만 지금이야말로 국민들을 위한 윤리교육, 의식교육이 필요할 때다. 교육이 바로 서야만 나라가 바로 선다. 그런데 정부가 나설 경우 자칫 교육이 정권유지를 위한 수단으로 전락할 우려가 있다. 어느 쪽에도 편향되지 않고 바른 인성과 가치관을 심기 위한 교육이 필요하다. 그 일을 내가 하겠다."

선생은 그 자리에서 하나님의 뜻에 대해 말하고 계셨습니다. 나라의 근간을 바로 세우려면 하나님을 중심으로 한 인성교육이 무엇보다 중요하며, 이를 위해 당신 스스로 헌신할 각오가 되어 있음을 온 마음을 다해 전하셨습니다.

1989년 2월 세계일보 창간 리셉션에서 김대중 평화민주당 총재를 만나셨다.

어느 누구도 상상할 수 없는 일이었습니다. 아마도 김 대통령 역시 그러한 분위기가 되리라고는 생각하지 못했을 것입니다.

하지만 그런 선생의 모습은 비단 김대중 대통령과의 만남에서만 보인 특별한 것이 아니었습니다. 그분이 평생 동안 만난 각국의 수장만 해도 수백, 아니 수천 명에 이릅니다. 그런데 그중 어느 누구를 만나도 예외 없이 하나님의 뜻에 관한 메시지를 전하셨습니다. 일본의 나카소네 총리를 만났을 때에도, 미국 조지 부시 대통령을 만났을 때에도, 소련 초대 대통령 고르바초프를 만났을 때에도 본질에 대한 촉구는 변함이 없었습니다. 모든 섭리 일정은 한 문장으로 응축된 것이었습니다.

"이 세상이 하나님을 중심으로 한 인류 대가족 사회로 거듭나기 위해 무엇을 해야 할 것인가?"

이를 위해 나라마다 사람마다 해야 할 일들은 각기 달랐습니다. 그때마다 선생은 그곳에 반드시 필요한 가치들을 정확히 전하셨습니다. 그로 인해 북한을 방문했을 때처럼 목숨을 내놓아야 할 법한 상황도 벌어졌지만 본질의 메시지를 전하는 데 있어서는 주저함이 없으셨습니다.

그런데 단 한 번도 그로 인해 자리가 불편해진 적은 없었습니다.

진심에서 우러나온 그분의 영적 권위는 듣는 이가 저절로 압도되는 힘이 있었습니다. 목숨을 걸고 끝내 이뤄야 할 사명은 세상 어떤 것과도 견줄 수 없는 영적 권위로 드러났고 그 모습에 사람들은 고개를 숙이곤 했습니다.

당시 김 대통령 역시 선생의 말씀을 끝까지 경청하셨습니다. 또한 여러 제안을 불편해하거나 반론을 제시하지 않고 고개를 끄덕이셨습니다. 비록 그 자리에서 확약을 하진 못했지만 그분의 권위를 진심으로 존중하는 모습이었습니다.

선생을 뵙고 지금에 이르는 동안 저는 여러 조직을 거치며 나름 최선을 다하지 않을 수 없었습니다. 하루에도 수많은 사람을 만나는 경우가 다반사입니다. 저녁에 잠들기 전 하루를 마무리하고 반성하는 시간을 가지면서 '진정한 권위'에 대해 생각해보곤 합니다.

제 짧은 식견으로 생각해보면 진정한 권위는 긴 세월 동안 피나는 노력과 수행, 솔선수범을 한 끝에 나오는 삶의 결과물이 아닐까 싶습니다. 진정한 권위는 어느 한순간에 갑자기 만들어지지 않을 뿐더러 그 어떤 두려움이나 주저함도 띠지 않습니다. 그 어떤 도전에도 물러서지 않습니다. 또한 진정한 권위는 날카롭지 않고 부드럽습니다. 부드러운 것이 강하기 때문입니다. 그래서 진정한 권위는 없는 듯 있고, 한 번 드러날 때 좌중을 압도하는 힘을 갖습니다.

선생이 떠나고 안 계신 지금 오히려 저는 그분의 영적인 권위를 전에 없이 깊게 느끼곤 합니다. 세상에 부재하시기에 그분의 실체가 더욱 선명하게 느껴지는 것도 같습니다. 어떤 순간에도 당신의 사명을 놓지 않았던 당신의 모습을 되새기며 제 인생이 조금이나마 그분의 삶을 닮을 수 있기를 기원해 봅니다.

하늘에 맡기면 될 일은 걱정하지 마라

여수에서 선생과 함께 지낼 때의 일입니다. 저는 갑자기 "열흘 뒤에 야외에서 5천 명이 참석하는 행사를 치를 테니 그에 맞춰 준비하라"는 말씀을 들었습니다. 뜻을 미처 헤아릴 수 없는 갑작스러운 지시였지요. 하지만 모든 일을 마치고 나서야 그분의 깊은 심중을 이해할 수 있었던 적이 많았기에 즉시 준비를 시작했습니다.

장소 섭외부터 참석자 초대까지 모든 준비를 마치고 드디어 행사를 치를 날이 되었습니다. 그런데 전날 밤부터 날이 흐리기 시작하더니 갑자기 비가 쏟아지기 시작했습니다. 각 지역에서 연락을 받은 사람들이 당일 버스를 대절해 참석하기로 이미 약속이 되어 있었습니다. 행사 준비에 도움을 준 당시 여수시장이 제게

"이대로는 야외에서 행사를 치르는 게 불가능하니 지금이라도 장소를 옮기라"고 조언할 정도였습니다. 여수대학교(지금의 전남대학교 여수캠퍼스)에 5천 명이 들어갈 만한 실내체육관이 있다면서 말입니다.

모두가 행사 걱정에 발을 동동 구르고 있는데 선생이 그런 저를 가만히 보다가 한마디 건네셨습니다.

"황선조, 걱정이 많지?"

"네, 아버님. 비가 그치지 않아 걱정입니다."

"왜 그런 걸 갖고 걱정을 해? 걱정하지 마. 날씨 곧 좋아질 거야."

불안한 마음은 가시지 않았지만 그분께서 보통 사람들과 전혀 다른 관점에서 말씀을 하시던 적이 이미 여러 번이었기에 저는 "네, 아버님" 하고는 더 이상 걱정하는 내색을 보이지 않았습니다.

그런데 웬일입니까. 8시까지도 땅을 뚫을 기세로 쏟아지던 빗줄기가 9시가 되니 거짓말처럼 뚝 그치는 겁니다. 먹구름이 잔뜩 낀 하늘이 확 개고 구름 사이로 햇살이 비추기 시작했습니다. 걱정할 필요가 없다는 선생의 말씀처럼 무사히 행사를 치를 수 있었지요. 저를 비롯해 당시 행사를 준비하던 모든 사람들에게 무척이나 놀라운 경험이었습니다.

우연이라고 볼 수도 있습니다. 하지만 우연치고는 그런 일들이 셀 수 없이 많았습니다. 그 모든 일들이 인간의 눈으로는 이해할 수 없는 것이지만, 그분께는 너무나 당연한 섭리의 과정이었습니다.

선생은 늘 섭리 속에 사는 분이셨습니다. 섭리란 하나님의 뜻, 곧 온 인류가 한 가족이 되어 이 땅에서 평화를 이루며 사는 것입니다. 그런데 이는 어느 날 갑자기 이뤄지는 것이 아닙니다. 수천 년 전부터 이어져온 신앙의 역사 안에서 인간의 시각으로는 이해할 수 없는 과정을 통해 조금씩 만들어져 갑니다.

그분은 이 땅에 발을 붙이고 사는 인간 중 그런 섭리를 모두 이해하는 유일한 분이셨습니다. 그러하기에 행하시는 일은 저처럼 작은 인간이 판단할 수 있는 일이 아니었습니다. 그분 뜻을 헤아리고 동참하고자 성심을 다했지만 수련이 부족한 저로서는 늘 걱정이 많았습니다. 책임이 큰 자리에 있다 보니 걱정이 더 많았던 것 같습니다. 행사를 치를 때면 날씨가 좋을지, 참석자가 얼마나 될지, 우리를 곱지 않은 시선으로 보는 사람들로부터 공격을 당하지는 않을지 등 어느 것 하나 마음 편한 일이 없었습니다.

하지만 그런 제 마음을 먼저 꺼내지는 않았습니다. 걱정이 되는 와중에서도 선생이 주관하시는 일에 대한 믿음이 있었으니까요. 하지만 그분은 제가 일을 하면서 크고 작은 걱정을 안고 산다는 걸 일찌감치 알고 계셨습니다. 그래서 늘 먼저 물으셨습니다.

"상을 보니 걱정이 많구만?"

그제야 저는 "네 아버님, 참 걱정이 많습니다" 하고 이런저런 이야기를 털어놓곤 했지요. 그때는 가정연합 회장이 아니라 어려움에 처했을 때 부모에게 매달리는 자식의 심정이었습니다.

"괜찮아. 다 잘될 거다."

그 다독임에 다시 평정을 되찾고 매진했습니다. '아, 내가 또 하늘의 뜻이 아닌 사람의 마음으로 판단하려 드는구나' 하며 마음을 다잡곤 했지요.

지난날을 돌이켜보면 그분 말씀처럼 하늘에 맡기면 되는 일을 그렇게 걱정을 하며 살았던 듯합니다. 선생은 그런 제자를 넓은 품으로 다독이고 이끌어 주셨지요.

그렇게 많은 사랑을 받았지만 저는 여전히 이런저런 걱정에 잠 못 이룰 때가 많습니다. 요새는 또 경쟁사회에 내몰릴 우리 학생들 생각에 걱정이 앞섭니다. 하지만 그분의 사랑을 떠올리면 이제는 걱정을 자처하기보다 누군가의 걱정을 덜어주는 사람이 되어야 한다는 생각을 감히 해봅니다. 영계에 계신 선생이 제게 또 말씀하십니다.

"황선조, 걱정하지 마. 다 된다. 다 잘된다."

극한의 슬픔을 대하는 자세

인생에서 가장 고통스럽고 슬픈 일이 뭘까요? 제 생각에는 자식을 먼저 떠나보내는 것이 아닐까 싶습니다. 부모가 죽으면 산에 묻지만 자식이 죽으면 가슴에 묻는다고 합니다. 자식에 대한 사랑은 지위고하를 막론하고 세상 모두에게 주어진 숭고한 생의 가치입니다. 세상 어느 부모든 자식을 위해서라면 목숨마저 아까워하지 않을 것입니다.

제가 가정연합 회장으로 재임할 당시 선생의 큰아드님이 성화하셨습니다. 당시 그분의 죽음은 아무도 예상하지 못한 일이었습니다. 돌연 발생한 심장마비로 인한 사고였지요. 하늘로부터 생겨나와 하늘로 다시 돌아가는 것은 사람의 일생에서 극히 당연하고 자연스러운 일이지만 그로 인한 이별은 너무나 아팠습니다. 성화식에 참석한 사람들은 눈물을 꾹꾹 누르고 참았습니다. 아무리 마음이 아프고 고통스럽더라도 섭리적 사건은 올곧이 받아들여야 한다는 선생의 숭고한 뜻을 잘 알기 때문이었습니다.

성화식 날이었습니다. 선생은 영계로 떠나는 아들의 마지막 길에 '심천개방원 충효개문주深天開放苑 忠孝開門主'라는 친필휘호를 내리셨습니다. 모두가 보는 앞에서 인간의 죽음이 결코 마지막이 아님을, 또 다른 섭리의 시작임을 보이셨습니다. 자식을 잃은 극한의 고통을 가슴에 묻은 채 끝내 자신의 감정을 표현하지 않으셨지요. 생전에 큰아들에 대한 보이지 않는 애정이 얼마나 깊었는지 알기에 지켜보는 제 마음이 무척 아팠습니다. 하지만 그분은 끝내 눈물을 보이지 않으셨습니다.

그렇게 성화식을 마치고 파주 원전原殿*으로 떠날 차비를 하고 있는데 선생이 오셨습니다. 막 떠나려는 영구차를 잡으시더니 당신께서 차고 계시던 손목시계를 풀어 관에 함께 넣으라고 말씀하시는 겁니다.

"잘 가라. 영계로 떠나는 건 우리 모두가 서로 만나러 가는 거다."

그것이 아들에게 전하는 마지막 인사였습니다.

선생은 원전식에 참석하지 않으셨습니다. 아들을 잃은 슬픔을 가슴에 묻은 채 그길로 바로 공항으로 출발하셨습니다. 예정에 없던 출국이었지요. 저는 꽃차에 올라 파주에 있는 가정연합의 공원묘지로 떠났습니다.

얼마나 갔을까요. 국도를 빠져나와 드디어 묘지로 들어가는 산길에 들어섰습니다. 묘지에 들어가는 산길 초입에 민가 세 채가 있었는데 그중 한 채가 원전 교회장의 사택이었습니다. 꽃차 안에서 작은 창문으로 밖을 내다보던 차에 그만 깜짝 놀라고 말았습니다. 그분이 그 집에 먼저 도착하여 운구 행렬을 보고 계셨던 겁니다.

선생은 청평에서 공식적으로 마지막 인사를 나눴음에도 불구하고 차마 그대로 발길을 돌리지 못하고는 멀리 떨어져 아들의 마지막 길을 물끄러미 지켜보셨습니다. 구경꾼처럼 서서 꽃차를 물끄러미 바라보시는 모습을 보는 순간 저는 견딜 수가 없었습니다. 스승은 끝까지 감정을 드러내지 않고 하늘 길로 들어서는 아들의 마지막을 지켜보면서 그 고통의 과정을 끝내 섭리적 사건으로 승화해 가셨지만, 헤아릴 수 없는 부모의 심정을 볼 수 있었습니다. 아무리 참으려 해도 쏟아지는 눈물을 감당할 수가 없었습니다.

파주까지 걸음했던 선생은 그길로 다시 공항으로 향하셨습니다. 원전식을 모두 마치고 산에서 내려오는데 전화가 걸려왔습니다.

"잘 마쳤냐?"

딱 한마디 물음에 "네, 잘 마쳤습니다" 하고 대답했습니다.

"그래, 수고했다."

수고했다는 짧은 인사 한마디뿐 더 이상 아무 말씀이 없으셨습니다. 그 깊은 진심을 미처 헤아리지 못한 사람들 눈엔 일면 매정하게 보였을지 모르지만, 선생은 그로부터 사흘을 거의 아무것도 드시지 못했습니다. 당신이라고 왜 고통이 없으셨겠습니까. 하지만 그 고통을 온 가슴으로 품은 채 섭리의 과정으로 승화시키셨습니다.

선생은 헤아릴 수 없을 만큼 감정이 풍부하고 예민한 분이셨습니다. 섭리의 사연 가운데 오열하실 때가 수없이 많았습니다. 흔히 말하는 닭똥 같은 눈물을 한없이 쏟아내시던 모습을 많은 이가 기억할 겁니다. 하지만 그것은 오직 섭리적 사연과 관련해서였습니다. 오직 하나님 해방과 인류 구원이 그분의 눈에서 눈물을 쏟아지게 만들었습니다.

"인류의 타락으로 인한 하나님의 한을 다 풀어드리기 전까지는 내 개인적인 문제로 눈물을 쏟을 수 없다. 지금도 하나님은 피를 토할 만큼 고통받고 계시는데, 그 앞에서 감히 울 수 없다. 하나님께 웃음을 되찾아드리기 전까지는 내가 참는다."

선생은 평생 그런 삶을 지속하셨습니다. 하늘로부터 천명을 받은 이래 당신 개인의 고통은 모두 태워 버리셨습니다. 하나님이 인류를 잃어버린 고통에 비하면 당신이 겪는 고통은 아무것도 아니라며 눈물 한 방울조차 아끼셨습니다.

눈물을 흘릴 수조차 없는 고통이라니, 저로서는 그 견딤의 깊이가 어느 정도일지 가늠할 수 없습니다. 당신께 찾아드는 그 온갖 고통들을 올곧이 다 받아 안음으로써 세상 모든 이를 위한 탕감을 몸소 실행하셨다는 생각도 감히 해봅니다.

어쩌면 선생은 영계로 떠나시고 나서야 비로소 그 고통에서 해방됐을지 모릅니다. 젊어서는 나라의 운명과 생사를 같이하며 감옥에서 온갖 고초를 당하셨고, 본격적으로 천명을 실행에 옮기면서부터 수많은 사람들의 모략 속에 목숨을 위협당하셨습니다. 거기에 자식을 앞세우는 고통까지 감내하셨으니, 보통 사람이라면 단 한시도 견디지 못했을 겁니다.

하나님의 고통 앞에 당신의 고통을 감히 드러낼 수 없다고 선생이 말씀하셨듯 이제 저는 한평생 고통을 묵묵히 인내하며 사셨던 그분을 떠올리며 내 삶에 찾아드는 작은 시련은 아무것도 아니라는 생각을 하게 됩니다. 조금만 힘겨워도 지쳐 포기하고 싶은 마음이 드는 제 자신이 새삼 부끄러워지면서 고통에 대한 하소연은 어느덧 감사의 기도로 바뀌게 됩니다.

선생은 또 그렇게 제게 살아갈 힘을 주셨습니다. 그분께서 겪은 고통을 생각하면 저는 투정조차 부릴 수 없습니다. 그 인고의 세월 덕에 하나님의 섭리 아래 이렇게 평안을 누릴 수 있음을 감사할 따름입니다.

* **원전** 原殿

흔히 말하는 '무덤'을 가정연합에서는 '원전'이라고 한다. 육신의 생을 다하면 영(靈)은 영계로 가고 육(肉)은 흙으로 돌아가게 된다. 원전이란 이처럼 본래의 자리로 간다는 의미이다.

가장 마음 아파하셨던 한 가지

선생이 살아계실 때 가장 애달파하셨던 사람들이 있습니다. 온 인류가 하나가 되는 평화로운 세상을 위해 국제축복을 받고 고국을 떠나 타지에서 가정을 일구고 사는 사람들입니다. 그중 특히 한국 남성과 결혼해 한국에서 살고 있는 일본 여성들을 유난히 안쓰럽게 생각하셨습니다.

선생은 잃어버린 평화를 위해 인류가 할 수 있는 최선의 노력이 '참가정'을 이루는 데 있다고 강조하셨습니다. 특히 지금까지 인류의 평화를 깨뜨린 갖가지 갈등들, 전쟁을 비롯해 이념적·종교적·민족적 갈등을 극복하려면 혈연과 천륜으로 하나가 돼야 한다고 말씀하셨지요.

"진정한 평화를 위해서는 원수끼리 결혼해야 한다."

국제결혼을 통해 서로 총칼을 겨누던 원수가 결혼으로 하나가 된다면 대를 이어 내려오던 뿌리 깊은 적개심이 결국 사랑으로 치유될 수 있다는 것이었습니다. 흑인과 백인, 이슬람과 기독교, 지배국과 피지배국이 하나가 되려면 결혼을 통해 서로에게 가장 소중한 존재로 거듭나야 된다는 말씀을 늘 강조하셨습니다.

특히 선생은 오랜 시간 적대적인 관계를 이어온 한국과 일본이 하나가 되게 하는 데 많은 정성을 쏟으셨습니다. 광복을 맞이하기 전 독립운동에 가담했다는 이유로 일본 경찰에게 붙들려 모진 고문을

전통의상을 입고 참석한 신랑신부들이 손흔드시는 주례에게 박수를 보내고 있다.

당하셨지만 오직 하나님의 섭리를 위해 자신에게 총칼을 겨누었던 일본을 깊이 사랑하셨지요. 인류가 하나 되려면 가장 먼저 한국과 일본이 하나가 돼야 한다는 당신의 뜻을 평생에 걸쳐 실천하셨습니다.

그 방법 중 하나가 두 나라 사람 간의 '교차결혼交叉結婚*'이었습니다. 한국과 일본 두 나라가 화해하고 하나가 되려면 결혼을 해서 혈연으로 묶여야 한다는 뜻이었지요. 한국인과 일본인이 결혼해 부부가 되고 자녀를 낳아 참가정을 이루는 것만이 진정한 일치에 이르는 길임을 강조하셨고, 그래서 두 나라 간의 교차결혼에 정성을 쏟으셨습니다.

그런 선생의 정성이 닿았던 걸까요. 한국과 일본이 혈연으로 하나

인류 평화공동체 실현의 초석은 '참가정'이라고 하셨다.

가 돼야 한다는 선생의 뜻을 따라 고국을 떠나 한국 남성과 결혼해 가정을 일구고 사는 일본 여성들이 많았습니다. 자신과 결혼하게 될 남성의 조건보다는 섭리를 향한 그분의 말씀에 따라 스스로를 헌신한 사람들입니다.

하지만 안타깝게도 그들 중 소수는 한국에 정착해 평탄하지 못한 삶을 살았습니다. 어떤 이는 갑작스럽게 남편이 사별해 홀로 자식을 기르며 살기도 했고, 어떤 이는 부부 사이가 좋지 않아 마음고생을 하기도 했으며, 또 어떤 이는 농촌에서 뙤약볕 아래 힘든 농사일을 도맡아 하며 살기도 했습니다.

"이 땅에서 하나님의 뜻이 모두 이루어지고 나면 첫 번째로 상을 줘야 할 사람들이 저 사람들이다."

선생이 자주 하신 말씀입니다. 집회 때 가까이에서 뵈려고 많은 사람들이 당신 앞에 모여들곤 했는데, 그때 제가 "아버님, 이 사람들은 국제가정입니다" 하고 말씀을 드리면 그냥 지나치는 법이 없으셨습니다. 바쁜 순간에도 걸음을 멈추고 어떻게 사는지, 사는데 어려움은 없는지 꼭 묻고 챙기셨습니다.

열 손가락 깨물어 안 아픈 손가락이 없다고 하지만 세상 모든 부모들에게는 특히 더 애달프고 가슴을 미어지게 하는 자식이 있습니다.

선생께는 일본 부인들이 아픈 손가락이었습니다. 하나님의 뜻에 따라 혈혈단신으로 이국땅까지 시집을 왔으니 조금 더 행복하고 잘 살았으면 좋으련만 현실적으로 어려움을 겪는 그 사람들을 보며 늘 사무치게 아파하셨습니다.

그런 마음 때문이었을까요. 해양섭리를 위해 여수에서 머물던 시절, 선생이 말씀하셨습니다.

"일본에서 시집와 살고 있는 부인들을 모두 데려와라."

당시 한국에 시집와 살고 있는 일본 부인들이 8천여 명 됐습니다. 그런데 선생은 그 사람들을 순차적으로 모두 여수로 불러모으셨습니다.

선생의 부름을 받은 거의 모두가 기수 별로 여수 청해가든으로 모였습니다. 그렇게 모인 사람들이 그분 곁에 40일간 머물면서 새벽이면 좁은 거실에 옹기종기 모여 앉아 훈독회를 함께 한 뒤, 바다낚시를 같이 나가기도 하며 평생 간직할 소중한 추억들을 가슴에 새겼습니다.

그렇게 보낸 시간이 3년여입니다. 선생은 하루 서너 시간밖에 주무시지 못할 만큼 바쁜 일정 속에서도 그 많은 사람들과 직접 함께하며 한 사람 한 사람에게 온 정성을 쏟으셨습니다. 종국에는 한국으로 시집온 일본 부인들 거의 모두가 그분의 얼굴을 직접 뵙고 말씀을 들으며 한 달 이상 함께 생활하는 귀한 시간을 선물받게 되었지요.

선생을 모시는 동안 그분께서 세상에 남기신 이적異跡을 수없이 많이 봤습니다. 인간의 논리로는 설명할 길이 없는 신비로운 일들을 목도한 적이 한두 번이 아닙니다. 그 많은 이적 중에 제가 가장 경이롭게 생각하는 것은 사람에 대한 사랑이 아닐까 싶습니다. 누군가를 진심으로 사랑한다는 것은 사실 굉장히 많은 노력과 에너지가 필요한 일입니다. 무엇보다 자신을 온전히 내어주지 않고는 진정으로 사랑한다 말할 수 없습니다. 그런데 그분은 평생에 걸쳐 성화하는 그 순간까지 사람에 대한 무한한 애정을 보이셨습니다.

8천 명이나 되는 사람들을 일일이 보듬어 안아주며 그들의 말을 하나하나 다 듣고 일일이 위로의 말을 전하시는 그분의 무한한 사랑은 보통 사람으로서는 범접할 수 없는 것이었습니다. 어쩌면 제가 본 것은 신적인 사랑이 아니었을까 싶습니다.

그 마음을 조금이나마 짐작했던 저는 선생께 이런 말씀을 드렸습니다. 해양산업의 터전이 될 여수에 양식장을 만들어서 남편이 성화하여 혼자 살고 있는 어려운 일본 부인들이 그곳에서 먹고살 수 있도록 터전을 일궈보겠노라고 말입니다. 언젠가 기회가 닿으면 학교를 세워 그 자녀들이 교육을 받을 수 있도록 해야겠다고도 말씀을 드렸지요. 그분은 제 의견을 들으시고 정말 크게 기뻐하셨습니다. 제 기억에 그토록 기뻐하시는 모습을 본 적이 얼마 되지 않습니다.

제가 선생께 드렸던 말씀은 아직 미완의 숙제로 남아 있습니다. 선생을 모셨던 순간들을 하나하나 떠올릴 때마다 가장 큰 아쉬움으로 남는 것 중 하나입니다. 하지만 어떻게 보면 그 미완의 숙제가 남은 삶을 최선을 다해 살아가야 할 중요한 이유이기도 합니다. 어떤 형태로든 당신이 보이신 사랑을 최선을 다해 전승하고 보존하는 것, 그것이 사랑받은 사람들의 의무일 테니 말입니다.

그분께서 보이신 무한한 사랑, 부모가 자식에게 베푸는 그 숭고한 사랑이 제 안에 전승돼 끝까지 빛을 잃지 않고 전진할 수 있기를 오늘도 기도할 따름입니다.

* **교차결혼** 交叉結婚

선생이 한평생 전개하신 하나님을 중심한 평화이상세계 실현운동의 핵심은 참가정 완성이었다. 참가정을 통한 평화이상세계 실현은 그분께서 가장 강조하는 슬로건이었다. 교차결혼은 오랜 역사과정을 통해 갈등과 전쟁으로 깊은 적대감과 감정을 갖고 있는 집단의 선남선녀들이 결혼의 인연으로 참가정을 이루는 것이다. 이를 통해 쌍방 간의 평화지대를 만들고 궁극적 화해와 교류의 장을 펼친다는 것이다. 예를 들면 백인과 흑인, 기독교와 이슬람, 한국과 일본의 교차결혼을 그분께서는 주도했다.

눈물의
기도

사람은 누구나 자기가 경험한 한도 안에서 세상을 이해합니다. 돈이 없어 끼니를 걸러본 적이 없는 사람은 배고픈 고통이 얼마나 서러운지 모릅니다. 현존하는 신의 사랑을 가슴 깊이 체험하지 못한 사람은 신의 섭리를 위해 헌신하는 삶이 얼마나 고귀한 기쁨을 주는지 알 수 없습니다.

그분을 곁에서 모시는 동안 제가 그랬습니다. 제가 가진 신앙의 깊이로는 그분께 하나님이 대체 얼마나 큰 존재인지, 하나님을 대하는 그분의 마음이 어떤 것인지 온전히 이해하기가 어려웠습니다. 하나님을 대하는 그분의 마음은 제가 이해할 수 있는 차원을 한참 뛰어넘는 것이었습니다.

하늘에 기도하실 때 선생은 늘 땀과 눈물로 흠뻑 젖곤 했습니다. 하나님이 이 땅의 사람들로 인해 받으신 고통이 한스러워 통곡에 통곡을 거듭하셨습니다. 저 역시 기도 중에 눈물을 쏟아본 적이 있지만 그분께서 흘리신 땀과 눈물의 의미를 헤아리기엔 너무나 크고 깊었습니다.

기도할 때만이 아닙니다. 언제 어디서 무엇을 하든 하나님의 뜻으로부터 시작해 하나님의 뜻으로 끝나는 삶을 보이셨습니다. 어떤 상황에서도 한결같은 마음으로 오직 하나님의 뜻만을 생각하며 행동하셨지요. 배 위에서 낚시를 할 때 한 치의 흔들림 없이 의자에 앉아 바다를 바라보시던 그분의 모습이 아직도 눈에 선합니다. 함께한 사람들이 배 위에서 이리저리 서성이거나 몸을 기대 쉬고 있을 때 선생은 몇 시간씩 흐트러짐 없이 자리를 지키셨습니다. 그 자체가 하늘에 대한 정성이자 기도였지요.

그분의 삶은 사람으로 태어나셨지만 사람의 한계를 넘어선 모습이었습니다. 늘 하나님의 뜻에 따라 초지일관하는 모습을 보면서 저는 의문이 들었습니다.

'어떻게 한평생을 저런 마음으로 사실 수 있을까? 어떻게 하루 스물네 시간을 하나님의 뜻에 맞춰 사실 수 있을까?'

사람으로 태어난 이상 누구나 본능이 있습니다. 몸과 마음이 원하는 대로 피곤하면 쉬고 가끔은 업무에서 벗어나 놀기도 하고 속내를 나눌 친구를 만나 고단한 인생살이를 털어놓기도 합니다. 하지만 선생은 일신의 안위는 고사하고 평생을 노출된 삶을 살며 스스로를 하나님께 헌신하셨습니다. 그분께서 하나님을 대하는 경지가 대체 어떠한 것이기에 온 삶이 하나님의 뜻으로 채워질 수 있는지 저는 늘 궁금했습니다.

그런 의문이 들던 차에 '아, 아버님의 마음이 이렇구나' 하고 조금이나마 그 마음을 헤아리게 된 계기가 있었습니다. 묵상 중에 갑자기 떠오른 어머니에 대한 기억이 그 실마리였습니다.

대학 시절 어머니가 계신 시골집에 내려간 적이 있었습니다. 오랜만에 어머니를 뵈어 안색을 살피는데 어머니 이마에 시퍼런 멍 자국이 있는 걸 발견했습니다. 여쭤보니 빈혈기가 있는지 방바닥에서 일어서다가 갑자기 어지러워 벽에 이마를 찧으셨다는 겁니다. 정말 가슴이 쓰리고 아팠습니다. 아픔이 무엇인지, 어느 정도 고통스러운지가 각인되었습니다.

저는 방학 한 달간 어머니를 모시고 병원에 다녔습니다. 시골집을 나서 버스 정류장까지 걸어가는 데 몇 십 분, 도심의 병원까지 가서 진찰을 받고 다시 집까지 돌아오는 데 꼬박 한나절이 걸렸지요. 고생스럽긴 했지만 한 달 남짓한 시간 동안 어머니와 함께 지내며 많은 이야기를 나눌 수 있었습니다. 철부지 아들이 성인이 되어 어머니의 인생을 한 여성의 삶으로 다시 살펴볼 수 있었던 소중한 기회였지요.

그날도 어머니를 모시고 병원을 향했습니다. 길을 걷다 무심코 어머니께서 신고 계신 낡은 신이 눈에 띄었습니다. 그 낡은 신에서 어머니가 보낸 세월이 느껴져 순간적으로 눈물이 났습니다. 그길로 저는 새 신을 사다 어머니께 신겨드렸습니다.

"그래, 고맙다."

아들이 사 준 신을 신은 어머니의 얼굴에 환한 미소가 비쳤습니다. 그러고 나서 한 사흘쯤 지났을까요. 맨발로 툇마루를 지나는 어머니의 발뒤꿈치에 크게 물집이 잡힌 것이 눈에 띄었습니다. 얼마나

하나님의 뜻과 수고로운 역사를 생각할 때마다 늘 눈물과 통곡의 기도를 하셨다.

물집이 심하던지 건드리면 그냥 툭 하고 터질 만큼 크게 부풀어 올라 있었습니다.

어머니의 발뒤꿈치에 잡힌 물집이 눈에 들어오는 순간 가슴이 와르르 무너져 내렸습니다. 며칠 전에 사드린 신이 발에 맞지 않으면 아들을 시켜 바꿔오게 하거나 하다못해 반창고라도 붙이면 좀 나을 텐데 아프다는 말 한마디 않고 뒤꿈치가 그 지경이 될 때까지 참으신 겁니다. 가슴이 저민다는 말이 어떤 의미인지 저는 그때 처음 깨달았습니다. 얼마나 마음이 아프던지 그 이후로 저는 어머니를 생각하면 벌겋게 물집이 잡힌 발뒤꿈치가 함께 떠오릅니다.

벌써 40여 년이나 지난 일이 갑자기 가슴에 사무치리만큼 강하게 다시 각인된 것은 선생이 사무치게 기도하시는 모습을 보게 되면서입니다. 그분의 눈에서 하염없이 흐르는 눈물을 지켜보면서 불현듯 섬광 같은 깨달음이 찾아왔습니다.

'하나님을 생각하시는 선생의 마음이 그 옛날 어머니의 아픈 발뒤꿈치를 보게 되었을 때의 내 심정이 아닐까.'

자식에게 아픈 내색 한 번 비치지 않고 사랑을 베푸는 어머니의 마음을 알았을 때의 심정, 그것은 말로 표현 못할 고통이었습니다. 감히 미루어 짐작컨대 사람에 대해 무한한 사랑을 베푸시는 하나님의 마음을 바라보는 선생의 마음이 그렇지 않을까 하는 깨달음이 갑자기 찾아왔습니다.

그 순간 제 가슴이 다시 저며 왔습니다. 살면서 누구나 한번쯤 사랑하는 사람의 고통을 지켜보게 됩니다. 그 대상이 부모나 자식이라면 이를 지켜보는 사람은 억장이 무너지는 아픔을 맛보게 됩니다. 그런데 만일 그런 고통을 매 순간 느끼며 살아야 한다면 그 삶이 어떨까요.

평생 하나님의 고통을 느끼며 살아온 선생의 마음이 어떠셨을지 생각하면 지금도 눈물이 핑 돕니다. 그분이 느끼셨던 그 고통은 제가 미루어 짐작한 그 이상일 겁니다. 기도를 할 때마다 그렇게 눈물 흘리시던 모습이 마치 어제 일처럼 지금도 생생합니다.

그분께서 흘리신 눈물은 인류가 창조된 이래 고통 속에 현존하신 하나님을 위한 것이었습니다. 고통의 하나님을 해방시켜드리기 위한 정성이었습니다.

선생을 떠올릴 때마다 가슴 저 밑바닥에서 그리움이 솟아오르는 요즘, 앞으로 제가 흘리게 될 눈물은 어떤 것이어야 할지 생각해봅니다. 제 눈물이 그분처럼 영적이고 맑은 것이기를 간청해봅니다.

용서 없이
평화도 없다

2001년 화요일 아침, 미국 알래스카 코디악Alaska Kodiak*에 머물던 저는 텔레비전에서 믿을 수 없는 광경을 목격했습니다. 대형 여객기 두 대가 뉴욕 맨해튼에 있는 110층짜리 세계무역센터 빌딩에 충돌해 건물 전체가 화염에 휩싸여 있었습니다. 일행 중 한 사람이 위층에 계신 선생께 달려갔습니다. 비로소 사건 소식을 접한 그분이 그 즉시 아래층으로 내려오셨고, 저를 비롯한 몇몇 간부들이 함께 뉴스를 지켜봤습니다.

뉴스를 통해 계속 날아드는 속보는 시간이 지날수록 나빠지고 있었습니다. 사상 유례없는 테러로 인해 세계 경제의 중심부이자 미국 최대 도시인 뉴욕이 단 몇 시간 만에 공포의 도가니로 변해버렸습니다. 미국의 자존심이 하루아침에 무너진 것은 차치하고, 납치된 네 대의 민간 항공기에 탑승한 승객이 전원 사망한 것은 물론, 무려 90여 개국의 3천 명에 이르는 무고한 사람이 목숨을 잃었습니다. 희생된 사람들 모두 이념이나 정치와는 아무 상관없는 선량한 시민들이었습니다.

선생은 텔레비전 앞에 앉아 세 시간 가까이 꼼짝 않고 참혹한 현장을 지켜보셨습니다. 정오가 될 때까지 그렇게 한참 동안 뉴스를 보다가 무언가 결심을 한 듯 말씀하셨습니다.

"지금 바로 워싱턴타임스 사장한테 전화 좀 해봐."

〈워싱턴타임스The Washington Times〉는 선생이 직접 창간한 미국 워싱턴 D.C.의 종합 일간지입니다. 전쟁을 비롯해 국가나 민족 간에 갈등이 있을 때 그분은 〈워싱턴타임스〉를 통해 입장을 표명하곤 하셨습니다.

〈워싱턴타임스〉 측에 전화 연결이 되자마자 선생은 대뜸 다음날 1면 톱으로 사설을 실어야겠다고 말씀하셨습니다. 아예 제목까지 정해주셨는데, 그 자리에 있던 사람들은 그 제목을 듣고 모두 깜짝 놀라고 말았습니다.

'미국이여, 용서하라.'

"지금부터 내가 하는 말을 그대로 받아 적어라. 내일 사설에 실릴 원고다."

선생은 극악무도한 무차별적 테러로 무고한 사람들이 목숨을 잃고 전 세계가 분노와 슬픔에 잠겼지만, 그럼에도 불구하고 그들을 용서해야 한다고 말씀하셨습니다. 응징을 위해 미국이 다시 공격에 나서면 지구상에 평화는 영원히 찾아오지 않는다는 말씀이셨지요. 충분히 공격할 만한 힘을 갖추고 있음에도 불구하고 총칼을 내려놓고 모든 걸 포용하고 용서할 때, 그것이야말로 진정한 승리라는 말씀도 잊지 않으셨습니다. 무력을 써서 외양적인 굴복을 얻어내는 것이 아니라 상처마저 떠안는 사랑으로 마음의 승복을 얻는 것이 진짜 승리라며 말입니다. 선생은 이를 자연굴복*이라고 하셨습니다.

전 세계가 한목소리로 테러집단에 대한 응징을 소리칠 때 그분은 평화를 이뤄내는 본질적인 자세에 대해 말씀하고 계셨습니다.

하지만 당시 그 모습을 옆에서 지켜보던 저는 아무 말도 할 수 없었습니다. 〈워싱턴타임스〉 1면에 테러리스트들을 용서하라는 내용의 사설이 실릴 경우 그 여파가 어떠할지 걱정되지 않을 수 없었습니다. 선생의 말씀을 받아 적던 〈워싱턴타임스〉의 대표도 사설의 내용을 좀 완화해 주십사 간청했지만 당신의 뜻을 꺾지 않으셨습니다. 단 한 글자도 빼지 말고 그대로 실으라고 말씀하셨지요. 결국 다음날 미국의 모든 언론이 테러범의 행태를 강한 어조로 비판할 때, 〈워싱턴타임스〉는 미국에게 용서를 권하는 메시지를 내놓게 되었습니다.

"악은 치고 지지만, 선은 맞고 이긴다."

스승이 늘 하시던 말씀입니다. 평화와 사랑을 통한 전 세계의 화합은 평생 동안 추구하신 간절한 소원이었습니다. 하지만 아직까지 세상은 서로 진정으로 용서하고 화합하는 모습을 완성하지 못했습니다. 입으로는 평화를 염원하지만 결국 자국의 이익을 위해 서로를 치고 또 칩니다. 국가 간, 종교 간, 이념 간에 여전히 갈등과 분쟁이 끊이지 않고 있습니다.

우리 개인의 삶도 별반 다르지 않습니다. 내 이익을 위해 쉽게 남을 무너뜨리고 서로 헐뜯고 비방하는 모습을 흔히 봅니다. 내게 잘못한 사람을 아무 대가 없이 용서하는 것은 바보나 하는 짓이라 생각합니다.

살아남으려면 어쩔 수 없다고 변명하지만 우리 스스로 사랑을 포기하고 있는 건 아닌가 하는 생각도 듭니다. 사랑하며 용서하는 삶이란 결코 말처럼 쉬운 것이 아니기 때문입니다. 선생은 말씀집을 통해 우리에게 이런 말씀을 남기셨습니다.

"하나님의 뜻은 때려서는 정복할 수 없다는 것이다. 맞으면서 복귀해 나가면 지는 것 같지만 결국 이기는 것이다. 이것이 복귀의 마지막 비결이 될 것이다."

매일, 매 순간

고통받는 하나님과

인류를 위해 기도하셨다.

용서만이 승리를 가져온다고 하신 선생의 말씀이 유독 떠오르는 요즘입니다. 저는 과연 용서하는 삶을 살고 있는지 자문해 보게 됩니다.

용서를 통해 진정한 승리를 거두는 내가 되기를, 또한 용서함으로써 사랑을 완성할 수 있는 사람이 되기를 기원해 봅니다.

* **알래스카 코디악** Alaska Kodiak

코디악은 미국 알래스카 주에 있는 섬이다. 선생은 이곳에 수산자원이 풍부한 것을 보시고 해양기지를 만들었다. 수산자원으로 피시파우더(fish powder)를 만들어 아프리카에 구호활동을 전개했다. 뿐만 아니라 평화 지도자 교육센터를 설립해 이곳에서 해양수련을 실시했다.

* **자연굴복** 自然屈服

자연굴복은 가해자가 스스로의 잘못을 깨닫고 이해와 용서를 구하는 것이다. 하나님의 섭리 발전법칙으로서 '선(善)이 악(惡)을 이기는 법'이다.

4부

가늠할 길 없는 큰 어르신

거실 벽화에 담긴 속뜻

선생이 한남동에 머무시던 시절, 매일 새벽 5시에 훈독회가 열렸습니다. 70~80명, 좁게 앉으면 100명쯤 들어가는 거실에 모여 수백 권에 이르는 당신의 말씀을 함께 새기는 시간이었지요. 그분은 중간에 낭독을 끊고 말씀을 보충하기도 하고, 틀린 부분은 정정하기도 하며 훈독회를 이끄셨습니다. 훈독회는 보통 두세 시간 진행되었고 때로는 네댓 시간이 걸리기도 했습니다.

당시 한남동 공관 거실에는 숲속의 작은 오솔길 그림이 걸려 있었습니다. 작가가 누구인지, 언제 그려졌는지, 어떤 배경에서 탄생한 작품인지 등 그림에 대해 알려진 것은 전혀 없었습니다. 언제부터인지 모르게 그저 당연하다는 듯 늘 그 자리에 걸려 있었지요.

그런데 어느 날 소동이 일어났습니다. 공관 관리인이 그림을 바꿔 걸었던 겁니다. 그걸 본 선생이 크게 역정을 내셨습니다. 전에는 볼 수 없었던 모습에 저희는 깜짝 놀랐습니다. 매일 훈독회가 열리는 시간에 자주 드나들면서도 벽에 걸려 있던 그림에는 특별한 관심을 둔 적이 없었기 때문입니다. 더구나 바뀐 그림은 성화하신 자제분이 청소년 시절에 그린 그림이었습니다. 땅에서 부활해 영계로 승천하는 장면을 묘사한 작품으로, 모두가 가치를 인정하고 있었지요. 그런데 그분이 "누가 그림을 바꿨냐"며 역정을 내시니 모두가 당혹감에 어찌할 줄 몰랐습니다. 그분의 속뜻을 얼른 헤아릴 수 없었지요. 어리둥절해하는 우리에게 한 톤 올라간 목소리가 떨어졌습니다.

"나는 매일 그 그림을 보면서 고향 가는 길을 떠올리고 북한을 해방시키는 일을 기도했다. 너희들이 아는지 모르겠지만 나는 매일 그걸 보면서 하루도 빠지지 않고 간절한 마음으로 정성을 들여왔다. 그 그림을 다시 걸어놓아라."

아무도 주목하지 않은 그림에 그런 깊은 뜻이 담겨 있었다니요! 작가도 모르고 출처도 정확하지 않은 그림을 보시면서 선생은 매일

같이 꿈을 꾸고 기도하고 다짐하셨던 겁니다. 숲속의 작은 오솔길은 고향으로 가는 길이요, 통일과 해방의 길이었으며, 만난을 헤치며 섭리의 길을 걸어오신 그분의 인생길과도 같았던 겁니다.

당신께서 살아온 일생을 되새겨보니 과연 그럴 법하다는 생각이 들었습니다. 선생은 한평생 하늘로부터 부여받은 사명을 한순간도 놓으신 적이 없으셨습니다. 언제 어디서 누굴 만나든 늘 하나님의 뜻에 집중하셨지요. 그 모습이 워낙 남달라 무서울 정도였습니다.

훈독회가 끝나고 시간 여유가 좀 있는 낮 시간도 다르지 않았습니다. 한번은 혼자 계신 시간에 무얼 하시는지 가까이 모시는 분에게 여쭤본 적이 있습니다. 너무나 당연하다는 듯 계속해서 말씀을 읽으신다는 답변이 돌아왔지요. 그만큼 한시도 놓지 않고 하나님의 뜻에 집중해 한결같은 정성을 들이고 계셨던 겁니다.

그러고 보니 한남동 공관 거실 벽에는 항상 두 개의 액자가 걸려 있었습니다. 하나는 선생의 꿈이 서린 그 그림이었고, 다른 하나는 '지성감천至誠感天'이라고 쓰인 족자였습니다. 하나님의 뜻, 즉 평화로운 세상을 이 땅에 이룩해야 한다는 일념으로 한시도 빠짐없이 지극정성을 들이시던 평상시 모습이 오롯이 깃들어 있는 글귀였지요.

저희는 무심코 지나친 그런 것들 하나하나에도 선생은 평생 놓아본 적 없는 크나큰 뜻을 담고 계셨습니다. 언제, 어떤 상황에서도 결코 놓지 않는 그분의 집념과 열정을 보통 사람인 저희가 어떻게 가늠할 수 있겠습니까. 선생의 지나온 자취를 돌아보며, 곁에서 함께했던 지난날을 되새기면 번번이 마주하는 모습들이 더욱 강렬하게 천둥처럼 다가옵니다. 한시도 놓을 수 없는 하나님의 고통과 인류의 아픔을 온몸으로 맞서시던 태산 같은 어르신!

한남동 공관 거실에 걸려 있던 숲속의 오솔길 그림

거문도
하얀장 여관

선생이 해외에 나갈 때나 반대로 해외에서 한국으로 귀국할 때면 꼭 챙기시는 묵직한 가방이 있었습니다. 가정연합 회장이 되고 난 후 가까이 모시면서 그분이 각별하게 챙기는 가방이 궁금했습니다. 과연 무엇을 담았기에 그 가방만은 꼭 챙기시는 것인가. 귀국하실 때 비행기가 착륙하고 나서 기내로 모시러 의전실 직원과 올라가면 늘 직접 그 가방을 제게 쥐어주곤 하셨습니다. 후에 알고 보니 그 가방 속에는 성경과 원리강론, 그리고 말씀집 책들이 있었습니다. 곧 언제 어디에서도 가장 소중하게 여기셨던 것이 바로 하나님의 진리, 말씀이었음을 강렬하게 보여주신 겁니다.

평상시는 물론이고 낚시를 하러 바다에 나가실 때도 선생은 어김없이 묵직한 말씀 보따리를 곁에 두고 수시로 반복해서 말씀을 훈독하게 하고 묵상하며 들으셨습니다. 중요하게 여기시는 섭리 내용이 담겨 있는 강연문은 하루에 보통 대여섯 차례 1년이 넘도록 읽으셨으니, 하나의 말씀을 대략 1천 번 이상은 읽으셨던 것 같습니다. 가까이서 그런 모습을 지켜보면서 저는 범인凡人과는 전혀 차원이 다르신 그분의 진면모에 연신 감탄을 하곤 했습니다. 저만 해도 제가 쓴 강연문을 몇 번씩 다시 읽기가 여간 곤욕스러운 게 아니니까요.

선생은 원고를 직접 쓰고 수십 수백 번 다시 읽으면서 수정을 거듭해 말씀을 확정하셨고, 몇 시간에 걸쳐 하신 말씀을 원고로 묶어 훈독회를 하는 과정에서 다시 보완하되 당신 말씀의 원본을 가감없이 보존하도록 특별히 언명하셨습니다.

선생이 평화메시지 10호를 다듬고 계시던 때의 일입니다. 하루는 여수에서 밤낚시를 나가셨습니다. 그날도 어김없이 말씀 보따리를 가져가서 고기가 물지 않는 틈새가 생길 때마다 말씀을 읽곤 하셨지요. 그런데 낚시 도중 비가 마구 퍼붓는 겁니다. 배가 너무 멀리 나간 터라 여수로 되돌아갈 수는 없었습니다. 하는 수 없이 거문도로 들어가 하루 묵어가기로 했지요. 섬에는 '하얀장 여관'이라고 머물 곳이 딱 한 군데뿐이었습니다. 그런데 말이 여관이지 침대는커녕 책상이나 탁자 하나 없이 방만 덩그러니 있는 겁니다. 사실상 '여인숙'이라

불러도 크게 이상할 것 없어 보였습니다.

이내 여관방 한쪽에 자리를 잡은 선생이 밥상 하나를 가져오라고 하셨습니다. 말씀 원고를 읽고 다듬을 책상이 필요하셨던 겁니다. 그 분은 자그마한 밥상을 앞에 두고 밤늦도록 말씀을 읽으셨습니다. 그러곤 새벽 5시에 어김없이 훈독회를 하는 그 자리에서 평화메시지 10호가 확정되었노라 말씀하셨습니다. 그동안 수십 차례 반복하여 훈독하면서 교정하고 다듬어서 영원히 남을 인류 평화를 향한 진리의 한 주춧돌을 완성하신 겁니다. 분명히 한밤을 새웠을 텐데 전혀 피곤함 없이 기쁨이 넘쳐 계셨습니다.

이곳에서 밤새 말씀을 읽고 평화메시지 원고 집필을 완료하셨다.

이후 작은 식당을 찾아 조찬을 드시던 중 선생이 보좌관을 부르더니 갑자기 하얀장 여관을 매입하라는 지시를 내리셨습니다. 여관 주인의 의도는 물론 부동산거래의 어떤 의중이나 조건도 모르는데 갑자기 명을 주신 겁니다. 아무래도 현재 영업 중이니 매도 의도는 없음이 당연했습니다. 김 보좌관은 그 뜻이 도무지 가늠이 되지 않아 이유를 여쭤보았습니다. 그랬더니 이런 답변이 돌아왔지요.

"그곳에서 평화메시지 말씀을 확정짓지 않았느냐. 그런 의미가 있는 곳이니 사두도록 해라. 그곳을 더 발전시켜서 앞으로 우리 해양섭리의 터전을 하나 더 마련하면 좋겠다."

이후 참 놀라운 일이 벌어졌습니다. 선생의 명을 받고 보좌관과 저는 여관집 주인을 만났습니다. 여관 주인은 거문도에서 오래 살아온 주민이었고 지극히 평범한 일상을 보내는 사람이었습니다. 숙박객에 대한 관심도 별로 없어 보였지요. 그런 주인에게 김 보좌관이 느닷없이 여관 매매에 대한 이야기를 꺼낸 겁니다. 이야기를 들은 주인은 처음엔 무슨 말인지 도무지 이해하지 못하겠다는 반응을 보였습니다. 그런데 묘하게도, 한 시간 남짓 여관을 매입코자 하는 이유에 대해 듣고 또 묻고 하더니 결국 매각하기로 결단을 내렸습니다. 말로

만 들어왔던 세계적 큰 어르신의 깊은 뜻이라면 동의를 하겠으니 매매가는 좀 여유 있게 생각해달라고 부탁할 정도였지요. 그 장면을 옆에서 지켜보던 저에게도 꿈처럼 전개되는 상황이 참 이상할 정도였습니다. 협의를 마치고 돌아오는 길에 김 보좌관이 말하더군요. "아버님의 영력靈力이 워낙 강하셔서 영계가 움직인 것 같습니다. 그러지 않고서야 이런 일이 어찌 가능하겠습니까."

그 일을 계기로 현재 거문도 그 자리에는 교육수련원이 마련되었고, 그 주변에는 큰 호텔이 들어서 있습니다. 그곳을 찾을 때마다 '과

여수와 제주도 사이에 있는 거문도에 교육수련원과 호텔이 들어서 있다.

연 명당이구나!' 하는 생각이 절로 들곤 합니다. 섬과 바다가 이루는 천혜의 장관도 대단한 데다 일출이 한눈에 들어오는 요지니까요. 그리고 무엇보다 선생의 깊은 뜻이 서려 있는 곳이기에 더욱 각별한 의미가 있습니다.

하나님의 섭리를 담당하시는 분으로서 선생은 후손만대까지 염두에 두고 그곳을 또 다른 해양섭리의 거점으로 삼으셨을 테지요. 지금도 그곳에 가면 한시도 말씀을 놓지 않고 정성을 들이시던 그분의 모습과 수십 번 원고를 읽으며 말씀을 확정하던 과정이 마치 어제 일처럼 선연하게 떠오릅니다. 문득 그날을 떠올리니 덩그런 여관방에서 밥상을 앞에 두고 밤새 말씀을 읽으시던 모습이 유난히 사무치게 그립습니다.

공평무사한
인재 등용 방식

1980년대 후반, 우리 조직은 이원화로 운영되었습니다. 기존 교회는 전국시도 교구장조직으로 운영되었고, 청년운동은 '전국대학원리연구회'를 중심으로 학사교구장 제도가 생겼습니다. 저는 학사교구장 직책을 맡아 서울대를 중심으로 서울 남부지역을 총괄하고 있었습니다.

하루는 행사가 있어 일반교구장과 학사교구장, 본부의 임원단까지 대략 70~80명이 선문대학교 천안캠퍼스를 방문했습니다. 때마침 천안 독립기념관이 완공된 시점이라 일행은 선문대를 방문한 김에 독립기념관에도 들렀습니다. 그러고 나니 저녁 무렵이 되었습니다. 우리 일행은 독립기념관 앞 잔디광장에 모여 이야기를 나누었습니다.

그러던 중 선생이 며칠 뒤 미국 방문 일정이 있다며 거기 모인 간부 중 다섯 명을 데리고 가겠다고 하셨습니다. 그런데 함께 갈 사람을 추리는 방식이 독특했습니다. 추첨을 해서 선발하시겠다는 겁니다. 그런데 참 이상하지요. 추첨도 하기 전에 제가 당첨될 것 같은 느낌이 강하게 드는 겁니다. 기라성 같은 선배들이 모두 모였는데도 말입니다. 제 차례가 되어 번호를 뽑았는데, 아니나 다를까요. 첫 번째 당첨자로 뽑혔습니다. 그렇게 일반교구장 세 명과 저를 포함한 학사교구장 두 명이 확정되었습니다.

선생의 그런 독특한 선발 방식 덕분에 당시 저는 미국 전역을 돌며 잊지 못할 경험을 많이 했습니다. 알래스카를 비롯해 뉴욕에 이르기까지 여러 사업들을 직접 보고 다양한 섭리기관을 방문할 수 있었지요.

지금 생각해봐도 선생의 선택 방식은 참으로 공평무사했습니다. 불평이나 군소리 한마디 나온 적이 없었지요. 일정한 자격기준이 갖춰진 사람들을 대상으로 공개 추첨을 해서 최종 결정을 하는 방식이었으니까요. 매우 공개적이고 투명하며 공정한 방식이기에 누구에게도 상처가 남지 않았습니다.

이후에도 선생은 계속해서 추첨을 통한 인사이동 방식을 활용하곤 하셨습니다. 1991년 교구장 인사이동 때에도 추첨제를 적용했지요. 어느 지역에 누가 갈지 결정하는 과정에서 인품과 능력, 실적 및 영적인 여러 기준을 충족한 사람을 추려낸 뒤에 최종적으로는 추첨을 하셨습니다. 모두 기본 자격을 갖춘 사람들이기에 공개 추첨으로 최종 결정을 해도 불만을 가지거나 섭섭해하거나 이의를 제기할 수 없었습니다. 즉 선생은 최후의 선택을 사실상 하늘에 맡기셨던 셈입니다.

선문대학교 5대 총장을 결정하는 과정도 그러했습니다. 당시 현직 총장이 계속 총장직을 이어갈지 아니면 새로운 총장이 임명될지 많은 관심이 모였습니다. 선생께서는 간부들을 한자리에 모이게 하시고는 총장 후보자 세 사람을 나오라 하셨습니다. 그리고 저에게 추첨서를 만들게 하셨지요. 그때 5대 총장으로 뽑히신 분이 김○○ 총장입니다.

흔히 '인사가 만사'라는 말을 합니다. 그만큼 조직 운영에 있어 인사는 무엇보다 중요한 부분이고, 지도자의 핵심 자질 중 하나가 공평무사한 인사지요. 선생이 적극 활용하시던 추첨 방식이야말로 그런 인사가 아닌가 싶습니다. 능력과 실적, 인성과 영적 측면에서 기본 자격을 갖춘 후보자들을 추려낸 뒤에는 최종 결정을 하늘에 맡겼으니까요. 실제로 그분은 "앞으로도 공정하게 추첨을 통한 인사이동을 해야 한다"는 말씀을 하신 적이 있습니다.

인사가 공평무사하려면 구성원 전체가 공감할 수 있어야 하고, 누구도 불만이나 섭섭함을 가지지 않도록 세심히 관리해야 합니다. 지금 생각해보아도 선생의 인사 방식은 사적인 견해나 감정이 개입되지 않는 철저한 기준이 있었습니다. 또한 객관적인 능력 측면에서 검증된 사람을 대상으로 최후 결정은 하나님께서 내리실 수 있도록 하셨지요. 그랬기에 모두가 순응하며 기쁘게 각자의 일을 찾아갈 수 있었던 것입니다.

애천·애인·애국을 건학이념으로 선문대학을 세우고 지원을 아끼지 않으셨다.

사람을 택하는 일에는

자신의 견해나 감정보다

하늘의 선택에 맡기려고 하셨다.

도대체 어디까지 내다보시는 걸까

선생께서는 참 많은 분들을 만나셨습니다. 정치인과 언론인, 경제인은 물론 다른 종단의 지도자들까지 다양했지요. 때로는 격식 있게, 가끔은 오래 알던 관계처럼 굉장히 편안하게 만남에 임하셨습니다.

옆에서 보좌하는 입장에서 사실 선생이 상대를 너무 편하게 대하는 자리에서는 간혹 염려되는 부분이 없지 않았습니다. 그야말로 다이내믹했으니까요. 상대가 상처받거나 섭섭해하지 않을까 걱정되었던 것도 사실입니다.

그중 국회부의장을 지낸 5선 국회의원이 있었습니다. 희한하게도 선생은 그분을 만나면 매번 꾸중을 하셨습니다. 처음 만난 자리에서부터 바로 이름을 부르셨지요. 그분 딴에는 큰 어른인 문 총재님을 만나 좋은 말씀도 많이 듣고 칭찬도 듣고 싶었을 겁니다. 그런데 매번 꾸중을 하시니 여간 섭섭하지 않았겠지요. 그런데도 그분은 계속 선생을 찾아왔습니다. 급기야 새벽 훈독회도 참석하고 나름 애를 많이 썼지만, 어김없이 혼이 나곤 했지요. 그러시곤 혹여 크게 상처받진 않았는지, 그분이 돌아가고 나면 저에게 묻기도 하셨습니다. 반면 종종 찾아오는 분 중에 언론인 한 분이 있었는데, 그분에게는 전혀 그러지 않으셨습니다. 오히려 굉장히 친절하게 잘 대해주셨지요.

저는 도대체 왜 그러시는 걸까 의아했습니다. 하루는 너무 궁금한 마음에 참지 못하고 선생께 그 이유를 여쭤보았습니다. 그러자 이런 답변을 해주셨습니다.

> "그 국회의원은 조상 때부터 탕감할 게 좀 많이 있다. 나는 그 사람만 보는 것이 아니라 그 조상까지 다 느끼면서 그를 대하는 거다. 과거 조상이 시골에서 잘살던 시절 행했던 역사적 배경이 있어서 그걸 풀어주고 영적인 것들을 치유해주기 위해 꾸중을 했던 것이다. 그 언론인 역시 그 사람만 본 게 아니라 영적인 배경까지 보면서 대한 것이다."

선생이 당신 마음만이 아니라 영적인 배경에서 비롯된 당신의 감

感을 바탕으로 상대했다는 말씀이셨습니다. 그러고 보니 당신은 일방적인 꾸중이나 칭찬만으로 자리를 마치는 법이 없으셨습니다. 상대방이 오래 간직해야 할 메시지를 반드시 전하곤 하셨지요. 한 예로 그 정치인에게도 지도자가 영적인 배경을 잘 관리하면 더욱 올바른 지도자로서 임무를 수행할 수가 있다고 말씀하셨던 것이 기억납니다.

훗날 선생이 성화하신 이후에 그 국회의원은 만날 때마다 과거 선생께 꾸중을 듣던 일이 도리어 그립다면서 성화기념일이 언제냐 물으며 참석하고 싶다는 마음을 내비쳤습니다. 그 옛날 들었던 꾸중이 마음의 상처로 남기는커녕 오래도록 잊지 못할 기억으로 남아 있다고 하면서 덕분에 자신을 성찰할 큰 계기가 되었다고요.

선생을 모시면서 여러 다양한 만남을 경험했습니다. 오랫동안 그분을 수발한 할머니 식구를 만났을 때는 또 다른 일정이 있어서 이동해야 함에도 불구하고 끝까지 앉아서 이야기를 들어주셨고, 어린 중학생들을 만나는 자리에서는 눈높이를 맞춰 굉장히 재미있게 말씀을 이어가기도 하셨습니다. 또 사회 지도층을 만나실 때는 처음에 철저히 격식을 차린 것 같았지만 나중에는 격식은 아랑곳하지 않고 일방적 주장을 이어가는 경우도 있었지요. 때로는 사람에 따라 전혀 예상치 못한 꾸중과 지적을 하신 적도 있습니다.

선생의 다양한 만남의 모습을 돌이켜보면, 과거와 미래를 현재로 종합해서 사람을 상대하셨다는 생각이 듭니다. 당신은 영적 배경을 바탕으로 상대를 대하는 한편, 지금이 아닌 먼 미래의 메시지와 가르침까지 늘 염두에 두셨던 것 같습니다. 그 기억을 되새기면서 저 역시 사람을 상대함에 있어 스승이 닿아 계셨던 그런 경지에 조금이라도 닿을 수 있기를 소망할 따름입니다.

남해안의 랜드마크

선생이 성화하신 이후 저는 틈나는 대로 산행을 자주 했습니다. 백두대간에도 오르고 100대 명산도 찾았지요. 지금도 여전히 틈이 날 때마다 산에 오르곤 합니다. 생각을 정리하고 삶을 성찰하기에 산행만큼 좋은 것은 없다는 생각에서 그렇습니다.

특별히 먼 산을 찾지 않을 때 저는 종종 남한산성에 올라갑니다. 선생을 모시고 몇 차례 간 적도 있기 때문이지요. 그때 함께 있었던 그 자리에 서서 그분을 생각하고 당시에 주셨던 말씀을 떠올리며 시간을 보내곤 합니다. 남한산성 전망대에 올라가면 서울시가 한눈에 들어옵니다. 그 당시에는 한강과 남산타워만 보였는데 지금은 하나가 늘었습니다. 서울의 랜드마크라고 할 수 있는 롯데타워입니다.

그걸 볼 때마다 과거에 선생이 하셨던 말씀이 떠올라 가슴이 저며 옵니다.

선생의 지시를 받아 여수 프로젝트를 진행하던 때의 일입니다. 당시 저는 여수에서 호텔 설계를 책임지고 있었습니다. 여수 엑스포 같은 국제적인 행사가 가능할 만한 5성급 호텔을 설계하라는 지시에 따라 33층짜리 호텔을 설계했습니다. 그런데 그분이 설계도를 보시더니 규모가 너무 작다며 층을 더 높이라고 하시는 겁니다. 실무자인 저로서는 운영 수익을 생각하지 않을 수 없으니 많은 고민이 들었습니다. 당시 여수는 인구 35만 정도의 도시였고, 관광 인구가 연간 500만 명 수준이었습니다. 그러니 대규모 5성급 호텔을 짓는다면 적잖이 손해를 떠안을 확률이 높아 보였습니다. 그런 현실적인 요소들을 감안해 실무자들과 협의를 거쳐 43층에 객실 400개 정도 규모로 설계해 다시 허락을 구했습니다. 그러자 72층으로 올리라고 하시는 겁니다. 수익 측면에서 도저히 답이 나오지 않는다 싶어서 고민 끝에 재고를 요청드렸습니다. 선생은 저를 빤히 쳐다보며 이렇게 말씀하셨습니다.

"황선조, 네 호텔이 아니고 네가 운영할 것도 아닌데 왜 걱정을 하느냐. 이건 내 생각을 가지고 구상하는 거다. 너는 지금만 보지만 나는 먼 미래를 보고 있다. 그리고 너는 여기 한국의 상황만 생각하고 있지만 나는 세계를 생각하고 있는 거다. 72층을 지어서 72개 국가에 나라당 한 층씩 분양해 사용하고 관리하게 하면 너무나 쉽게 해결될 수 있는 문제다. 큰 비전을 염두에 두고 하는 지시이니 군말 말고 따라오라."

선생의 말씀을 더는 거스를 수가 없어 "알겠습니다" 하고 돌아서려는데, 그분이 다시 저를 부르셨습니다. 그러시고는 진지한 음성으로 말씀하셨습니다.

> "나는 남해안에 랜드마크를 하나 만들려고 하는 것이다. 대한해협에서 세계 각 나라의 배들이 이동을 하면서 몇십 킬로미터 밖에서도 한국의 랜드마크로 우리 건물을 보았으면 하는 것이다. 여수의 호텔이 랜드마크가 되어 다 함께 공감하고 느낄 수 있게 하나씩 세우고자 하는 것인데 네가 그 뜻을 아느냐. 나에게 그런 깊은 생각이 있어서 그런 거니까 군말 말고 지시대로 해라."

여수시는 2012년 해양 엑스포 이후 한국 최고의 해양 관광 도시로 변모하였습니다. 사통팔달의 인프라가 구축되었고, 5성급 최고 호텔은 10여 개가 건립되었습니다. 1년 관광객이 2천만 명 정도에 이른다고 합니다.

롯데타워를 볼 때마다 저는 선생의 말씀이 떠오릅니다. 당신이 지금 남한산성에 올라 롯데타워를 본다면 이렇게 말씀하시지 않을까 싶습니다.

"내가 바로 저렇게 하고 싶었단다."

남해안의 랜드마크로 건설을 계획한 여수의 디오션리조트 조감도

여의도에도 우리 교회 땅이 있습니다. 현재 건물이 들어서 있지요. 사실 1970년대에 매입할 당시 120층짜리 설계도를 그렸습니다. 30여 층 정도가 한국의 최고층이었던 당시에 말이지요. 정부 허가를 얻지 못해 120층의 꿈은 이루지 못했지만 선생은 이미 1970년대에 높은 꿈을 품고 계셨습니다.

그분은 하나님의 구원섭리의 큰 뜻을 품고 한평생 일로 매진한 개척의 생애를 사셨습니다. 어떻게 해서든지 하늘을 드러내고 미래의 꿈을 일구려 하셨던 그 숭고한 삶의 행적들은 두고두고 의미를 새기게 해줍니다.

그런 의미에서 우리 미래세대가 만일 고층 건물을 짓게 된다면 랜드마크를 만들고자 하셨던 선생의 꿈을 기억했으면 좋겠습니다. 저는 아들에게 이따금 과거 그분이 하셨던 말씀을 들려줍니다. 혹시라도 기회가 온다면 랜드마크라 할 만한 빌딩을 지어 그분 존함의 이니셜을 따서 SM빌딩이라 칭하면 좋겠다고 한 적도 있지요.

당신이 꿈꾸셨던 남해안의 랜드마크는 아쉽게도 설계로 그쳤고 현실로 이루지 못했습니다. 하지만 그것이 끝이라고 생각하지 않습니다. 우리가, 다음 세대가 선생의 크나큰 뜻을 기억하는 한 언젠가 이 땅에서 그분이 그리셨던 랜드마크가 우뚝 서리라 확신합니다.

늦둥이 임신을 예지하다

역대 성인이나 위인들 가운데 사랑을 삶의 이상理想으로 내세운 사람은 많습니다. 하지만 그 구체적인 조건으로 '참가정'의 중요성을 주창한 사람은 없다고 봅니다. 선생은 가정이야말로 사랑과 행복의 원천이며 가정이 바로 서야만 사회, 국가, 세계가 바로 설 수 있다고 늘 강조하셨습니다.

"참된 가정은 참된 부모에게서 비롯된다. 하나님을 중심으로 남녀가 부부가 되어 자녀를 낳아 온전한 참가정을 이룰 때, 그 가정은 바로 작은 천국, 천국의 축소판이 된다."

선생은 이렇게 말씀하며 가능한 한 많은 자녀를 두고 다복한 가정을 이루기를 당부하셨습니다. 부모는 자녀를 낳아 기르는 과정에서 모든 것을 내어주는 참된 사랑을 깨치게 되고 자녀는 부모의 그런 사랑을 받으며 진정한 사랑이 무엇인지 배우게 된다고 하셨지요.

저는 선생의 말씀을 따라 참가정의 이상을 실현하기 위해 노력하며 살아왔습니다. 1981년에 아내를 처음 만나 1년여간의 약혼기간을 보낸 뒤 1982년에 축복을 받았습니다. 살아온 배경이 전혀 다른 두 사람이 만나 한집에 살다 보니 처음에는 '다름'으로 인한 약간의 마찰이 있었지만 '내 일신一身은 내 것이 아닌 상대의 것'이라는 생각으로 결혼 초창기의 갈등을 극복할 수 있었습니다.

그러던 차에 결혼한 지 5년 만인 1987년에 첫 아이를 얻었습니다. 일부러 그런 것도 아닌데 생각보다 늦게 아이를 얻었지요. 아이를 처음 안았을 때 느꼈던 감동은 지금도 생생합니다. 이전에는 미처 느끼지 못했던 생명의 경이로움, 어떤 조건 없이 무한히 내어줄 수 있는 절대적인 사랑을 그제야 제대로 깨닫게 되었습니다. 왜 선생이 자녀를 낳아 참가정을 이루어야 한다고 늘 말씀하셨는지 비로소 이해하게 되었지요. 그로부터 2년 뒤 감사하게도 둘째 아이를 얻었습니다. 딸 하나에 아들 하나, 이렇게 네 식구가 다복한 가정을 이루게 되었고, 아이들로 인해 가정의 울타리가 더욱 견고해졌지요.

지금 우리 사회가 초저출산 문제를 극복하기 위해 출산장려정책을 펼치고 있지만 당시만 해도 오히려 인구 증가를 막기 위한 출산 억제 정책이 시행되고 있었습니다. 둘도 많으니 하나만 낳아 잘 기르자는 캠페인을 곳곳에서 볼 수 있었지요.

하지만 선생은 사람들로 하여금 많은 자녀를 가져 대가족을 이루기를 원했기 때문에 평소에도 피임을 하지 못하게 하셨습니다. 저는 이렇듯 대가족을 지향하는 그분의 뜻을 따라야 한다고 생각했습니다. 더욱이 아이들로 인해 제 인생의 깊이가 날이 갈수록 깊어짐을 느끼며 하나님께서 허락하신다면 아이를 더 많이 낳고 싶었습니다.

그런데 참 이상했습니다. 단 한 번도 피임을 한 적이 없고 아내와 저 모두 건강했는데도 아이가 생기지 않았습니다. 둘째가 태어난 뒤 10년이 다 되어도 더 이상 아이 소식은 접할 수 없었지요. 노력을 해도 아이가 생기지 않는 것을 보며 저는 하나님께서 허락하신 자녀가 두 명인가 보다 하고 받아들이게 되었습니다. 사실 두 아이만으로도 충분히 부모로서의 행복과 고충을 맛보고 있었기에 실망할 일도 아니었지요.

하지만 그것으로 끝이 아니었습니다. 세월이 훌쩍 지나 2000년 어느 봄날, 그날도 저는 훈독회에 참석하기 위해 한남동 공관에 새벽같이 도착했습니다. 훈독회를 할 때면 저는 주로 맨 앞줄 창가 쪽에 자리를 잡곤 했습니다. 선생 양위분이 가운데 착석하시면 참석자 모두

두 분께 경배를 드리고 자리에 앉은 뒤 훈독회가 시작되었지요. 그런데 그날따라 스승은 자리에 앉자마자 제게 물으셨습니다.

"황 회장, 애가 몇 명인가?"

미처 자리에 앉기도 전이었습니다. 저는 엉거주춤 선 자세로 "둘입니다" 하고 대답했습니다.

"왜 애가 둘밖에 안 돼?"

여전히 영문을 모른 체 이렇게 대답했습니다.

"그건 제 책임이 아니고, 하나님 책임입니다."

선생은 의아한 눈빛으로 저를 바라보셨습니다. 그래서 재차 말씀

설악산 권금성에서 선생 양위분과 함께한 필자 부부

을 올렸습니다.

"둘을 낳고 열심히 노력했는데 10년이 지나도 하나님이 아이를 안 주셨습니다. 저는 할 일 다 했습니다."

지금 돌이켜보면 선생 앞에서 그렇게 개구지게 말씀을 올릴 사람이 또 있을까 싶습니다. 그만큼 당시 저는 그분 앞에서 긴장을 덜 하는 편이었습니다. 그런 제 언행을 그분은 또 유쾌하게 받아주셨지요. 할 일 다했다는 짓궂은 제자의 답변에 스승은 빙긋이 웃으시더니, 생각지도 못한 말씀을 하셨습니다.

"애가 하나 더 있어. 기다려 봐."

그것으로 끝이었습니다. 그러고는 곧바로 훈독회가 시작되었지요. 훈독회를 마치고 돌아오는 길에 선생의 말씀이 떠올랐습니다. 왜 그런 말씀을 하셨는지, 그렇게 말씀하신 근거가 무엇인지 저로서는 이해가 가지 않았습니다. 저녁이 되어 집에 도착한 뒤 아내에게 그분이 하신 말씀을 그대로 전했고 우리 부부는 얼굴을 마주보고 웃고 말았습니다. 젊었을 때부터 10년 이상 노력해도 생기지 않던 아이가 중년에 들어 갑자기 들어설 일이 있을까 싶었지요.

그런데 그로부터 한 달 뒤 아내가 제게 말했습니다.

"저 임신했어요."

시기를 따져보니 선생이 제게 아이 하나가 더 있다고 말씀하셨을 무렵 이미 아내는 임신 중이었습니다. 아내도 저도 미처 알아채지 못했을 뿐입니다.

말문이 막혔습니다. 감히 선생께 다시 여쭤볼 생각도 못했습니다. 그분은 사실을 말씀하셨고, 저는 그 사실을 뒤늦게 확인했을 뿐인데 재차 그 일을 여쭙는다는 건 의미가 없었지요.

돌이켜보면 그런 일이 한두 번이 아닙니다. 선생은 보통 사람으로선 알 수 없는 일들을 그냥 '감지'하곤 하셨습니다. 대수롭지 않게 툭 던지신 말씀이 미래의 어떤 일을 예견하는 경우가 다반사였고, 지구 반대편에서 벌어지는 일들에 대해서도 미리 꿰뚫고 계시는 예도 많았습니다. 시공을 초월해 무언가를 느끼고 보고 듣는 것, 그분께는 그런 '영적오감靈的五感*'이 있었습니다.

그런데 선생은 한 번도 그런 영적오감과 그로 인한 예지력을 내세우신 적이 없습니다. 그래서 세간에는 그런 초인적이고 신비스러운 면모가 잘 알려져 있지 않습니다. 그 어떤 종교 지도자들에게서도 찾아볼 수 없는 영적인 신비를 지니고 계셨지만 이를 남이 보란 듯 장황하게 드러내는 법이 없으셨습니다.

"깊은 기도생활을 하면 마치 음파와 같이 심령이 밝아진다."

선생이 남기신 말씀입니다. 생의 전부를 오로지 정성과 기도로 일관하신 그분이 영적오감이 민감했던 것은 어떻게 보면 당연한 것일지 모릅니다. 인간이 타락의 길을 걸어 태초에 지니고 있던 영적오감을 모두 잃어버렸다며 마음 아파하시던 모습이 새삼 떠오릅니다. 기도와 수련을 통해 어두워진 영靈을 맑게 하고 태초의 인간 본성을 찾아야 한다고 말씀하셨지요.

선생의 말씀을 전승해 나가야 할 제자로서, 과연 나는 마음의 눈을 뜨고 있는지, 마음의 귀를 열고 있는지 반성해 봅니다. 그분이 이르신 경지까지는 감히 다가서지 못하겠지만 적어도 선악에 대한 분별력, 바른 삶을 선택할 수 있는 영성靈性을 갈고 닦아야겠다고 결심해 봅니다.

* **영적오감** 靈的五感

인간은 무형의 영인체와 유형의 육체로 구성된다. 유형세계에 대한 인식은 육적오감을 통해 인식하듯, 무형세계에 대한 인식을 할 수 있도록 본연의 인간에게는 영적오감이 있다. 다만 인간조상의 타락으로 인해 병든 상태이다.

40여 년 만에 벗겨진 혈육의 베일

선생을 가까이에서 모시던 시절을 되돌아보면서 새삼 깨닫는 바가 있습니다. 그분은 평범한 우리와는 여러모로 참 달랐다는 사실입니다. 그분 곁에서 저는 그야말로 오묘하다고밖에는 달리 표현하기 힘든 많은 일을 경험했습니다. 당장은 가늠조차 되지 않던 막연한 지시사항이 일정 시간이 지나면 마치 정해져 있던 순리인 양 명백한 현실로 선명하게 드러나곤 했지요. 그런 일들을 하나하나 되새겨보면 당신은 범인들은 가늠하기 힘든 전혀 다른 차원에 닿아 계셨다는 생각이 더욱 확고해집니다.

한번은 이런 일도 있었습니다. 가정연합 회장에 임명되어 새로운 업무를 챙기고 있을 무렵 선생께서 지시를 하나 내리셨습니다.

"어머님의 남동생을 찾아서 데리고 오라."

'어머님은 무남독녀이신데 남동생이라니?' 순간 의아하다는 생각이 들었지만 곧이어 선생의 말씀이 이어졌습니다.

"섭리적으로 지금까지는 베일에 가려 있었지만 이제 찾아낼 때가 되었다."

전혀 예상치 못한 의외의 지시라 당혹감은 물론이고 무엇부터 어떻게 해야 할지 막막함이 앞섰지만 일단 "알겠습니다"라고 말씀드렸습니다. 늘 그래왔듯 이번에도 분명 일반적인 차원에서는 알 수 없는 당신만의 깊은 뜻과 길이 있음이 분명했으니까요. 그 지시를 내리고 두 분은 곧 해외로 떠나셨습니다.

새겨보면 양위분의 삶의 여정은 사뭇 특별했습니다. 성경의 역사에 나타난 중심인물들의 생애노정이 얼른 헤아리기 어려운 섭리적 의미가 서려 있듯이 양위분의 생애노정도 마찬가지였습니다. 한학자 총재의 할머님과 어머님은 특별한 신앙길에 몰두하셨습니다. 한국의 신령교단이 재림주님을 모시기 위해 왕성하게 활동하던 20세기 초중반에 온 삶을 집중하여 신령한 삶을 사셨습니다. 모친께서는 교육자였던 분과 성혼하신 후 하늘로부터 계시를 받게 됩니다. 태어난 따님이 훗날 하나님 섭리의 중심자가 되리라는 많은 영적 체험과 더불어 계시를 받고 오직 그 예비하신 하늘의 섭리를 위해 집중하고,

남편과의 삶을 포기하십니다. 그리고 남편 된 분은 훗날 교육자가 된 분과 재혼을 하셨습니다.

한학자 총재의 남동생에 관해 주어진 정보는 단 두 가지, 성이 '한' 씨라는 것과 미국 시카고와 관련이 있다는 것이었습니다. '한' 씨 성과 '시카고', 이 두 개의 단서만 가지고 어떻게 사람을 찾아내야 할지 고심이 깊어갔습니다. 당시 한학자 총재는 무남독녀로 알려져 있었고 남동생이 있다는 사실은 저를 비롯해 어느 누구도 모르는 일이었습니다. 그러니 함부로 그 이야기를 꺼낼 수도 없거니와 공개적으로 남동생을 찾기도 난감했지요.

저는 어찌해야 좋을지 몰라 쉬쉬하며 혼자 끙끙 앓다가 일단 시카고 교회에 있는 김○○ 회장에게 연락을 취했습니다. 정황을 설명하고 찾을 방법이 없냐고 묻자, 어쩌면 당연한 대답이 돌아왔습니다.

"시카고에 한 씨가 한둘인가요. 그렇다고 신문광고를 낼 수도 없고…."

그저 막막할 따름이었지요. 당시 회장에 막 취임한 저는 한 달간 전국 순회를 돌며 바쁜 일정을 소화하고 있었습니다. 그렇게 10여 일이 흘렀습니다. 서울 사무실 비서에게서 전화가 걸려왔습니다. 누군가가 저를 만나고 싶어한다는 것이었습니다. 누구냐고 물어도 대답을 못하기에 일단 전국 순회가 끝나는 날짜에 맞춰 약속을 잡아놓으라고 일러두었지요.

한 달간 전국 순회를 마치고 약속한 날짜가 되어 그분을 만났습니다. 그런데 이게 웬일입니까. 놀랍게도 저를 찾아온 분은 그토록 찾고자 했던 한학자 총재의 남동생 부부였습니다. 그분들을 눈앞에 두고도 도무지 믿기지 않았습니다. 전전긍긍하며 어떻게 찾아야 할지 고심만 하던 차에 선생의 지시가 떨어지고 한 달쯤 지나 이렇게 보란 듯 직접 찾아오다니요. 정말이지 뭐라 형언할 수 없는 감정이 들었습니다.

한학자 총재의 남동생께 전해 들은 저간의 사정은 이러했습니다. 그분의 부친은 교육자로 한평생을 사셨는데 늘 말수가 적으셨고 인자하셨다고 합니다. 명절이 오면 붓글씨를 즐겨 쓰셨고, 가끔 누나가 북한에 있다며 통일이 되면 만날 거라고 하셨다는 겁니다. 그러고는 누나와 관련해 다른 말씀은 전혀 없으셨다는 겁니다. 그래서 북한에 누나가 있다는 정도만 알고 지내셨다고요. 아버지가 세상을 떠난 이후 어머니께서는 미국에 거주하는 이모 댁에 계시다가 돌아가셨다고 합니다. 그리고 그분은 이모님과 통화 정도만 오가는 사이로 지내왔고요. 그런데 얼마 전 미국 시카고에 있는 이모님의 전화를 받았다고 합니다. 서울에 다녀갈 일이 있는데 조카인 그분 댁에서 머물고 싶다고 하셨답니다.

며칠 뒤 그분은 서울을 방문한 이모에게서 놀라운 이야기를 듣게 됩니다. 이모는 직장을 가는 길에 언니의 묘에 가끔 꽃을 놓기도 하는데 한날 꿈에 언니가 나타나서 서울에 사는 자신의 아들네 집에 좀 가보라고 했다는 겁니다. 그래서 서울을 방문하였고, 이모가 이렇게 물었다고 합니다.

"누나하고는 자주 통화하니?"

뜬금없는 이모의 질문에 그분은 "누나가 북한에 있는데 어떻게 통화를 해요?" 하고 되물으셨고요. 그러자 이모가 이렇게 답변하더랍니다.

"문선명 총재님이 네 매형이다. 그 사모님이 네 누님이고."

알고보니 그분의 어머니와 이모는 모든 사실을 알고 있었습니다. 이 사실을 전해 들은 동생 부부는 고심에 빠졌다고 합니다. 누나의 소식을 접했는데 그냥 모른 척 지나갈 수도 없고, 그렇다고 뭘 어찌해야 좋을지 선뜻 떠오르지 않아 둘이서 며칠을 끙끙 앓았다고요. 그러다 마침내 저와 연락이 닿았던 겁니다.

저는 곧장 미국에 계신 선생 양위분께 이 소식을 전했습니다. 두 분은 적잖이 놀라워하시며 저에게 동생분을 상대로 한학자 총재가 어떤 분인지 알게끔 원리교육을 할 것을 지시하셨습니다. 그날 이후 21일간 밤마다 동생분에게 강의를 해드렸습니다.

그리고 얼마 뒤 두분은 한국에 들어오셨고, 마침내 한남동 공관에서 약 40년 만에 첫 혈족 상봉을 하셨습니다. 이후 한 총재의 동생분은 통일교 식구가 되어 축복을 받았고, 그 자녀들도 축복받아, 현재 현장에서 공직을 맡아 열심히 일하고 있습니다.

누구라도 이 이야기를 전해 들으면 '세상에 이런 일이?'라고 할 겁니다. 섭리의 한 생애를 사시는 노정에서 얼른 이해가 안 되는 일들이 많았는데, 그중의 한 예라고 볼 수 있습니다. 핵심은 어떻게 수십 년 공개되지 않다가 때가 되어 가족을 찾고자 할 때 정말 놀랍게도 거짓말처럼 불과 40여 일 만에 해결이 되느냐는 것입니다. 얼른 헤아리기가 어렵습니다. 그러나 실현된 현실입니다. 그 이유는 '영계靈界'의 움직임입니다. 하나님 섭리의 축은 이 땅과 영계가 동시에 작동합니다. 이 땅에서 과제를 설정하고 기도하면 영계가 작동하여 이 땅과 보조를 맞춰가며 실타래 풀리듯 해결되면서 벌어지는 현상입니다.

한참 전의 일이지만 지금도 그날 혈족 상봉의 감동이 생생합니다. 여전히 그저 경이롭고 신기할 따름이지요. 약 40년간 베일에 가려져 있던 것이 선생의 지시가 떨어지고 나서 마치 기다렸다는 듯 고작 40여 일 만에 저절로 세상에 드러나다니요. 20년 가까이 바로 곁에서 모시면서 이런 일을 수없이 마주했고, 그때마다 저는 무언가 체계적으로 이해하고 설명할 방법이 없어 난감할 정도였습니다. 우리와는 분명 다른 차원에 계시고 다른 것을 보고 듣고 감지한다는 것 외에 저로서는 달리 해석할 길이 없습니다.

가정연합 식구들이 모일 때면
아들딸을 만난 것 같은 분위기에 흠뻑 취하셨다.

5부

참 소중한 인연

잊지 못할 첫 만남

가끔 질문을 받습니다. 어떻게 통일교를 믿게 되었느냐고 말입니다. 제가 통일교에 들어온 과정을 이야기하려면 선생과의 인연을 빼놓을 수 없습니다. 그분과의 첫 만남은 지금 돌이켜봐도 말로 설명할 수 없는 부분이 있습니다. 기적이라고 할까요. 평범한 상식으로는 납득이 되지 않는 일이었지요.

저는 전투경찰로 군 복무를 했습니다. 당시에는 전투경찰의 한 기수가 520명이었습니다. 520명이 논산 훈련소에서 훈련을 받은 뒤 정식 전투경찰로 각 지역에 파송됐지요. 훈련소에서 훈련을 받는 동안 저는 매일 새벽 남들보다 조금 일찍 일어나 화장실 청소를 했습니다. 누가 시켜서 한 게 아니라 봉사하는 마음으로 자청한 일이었습니다.

그런데 가만히 보니 청소를 하는 사람이 저 혼자가 아니었습니다. 저처럼 남들보다 30분 먼저 일어나 화장실을 청소하는 친구가 한 명 더 있었습니다. 신기한 마음에 그 친구를 눈여겨봤지만 그 친구도 저도 서로 아는 척하지는 않았습니다.

논산 훈련소에서의 훈련 과정이 모두 끝나고 520명 가운데 다시 26명이 선발됐습니다. 모두 경찰종합학교에서 2차 교육을 받게 됐는데 그중에 새벽마다 화장실 청소를 함께한 친구도 있었습니다. 반가웠지요. 그 친구도 저를 보고 반가웠던 모양입니다. 그제야 우리는 서로 통성명을 하고 인사를 나눴습니다. 경찰종합학교에서 2차 교육을 받은 훈련병들은 2명씩 짝이 되어 전국 13개 시도로 배치되었습니다. 그런데 웬일입니까. 앞으로 군 생활을 함께하게 될 제 파트너가 또 그 친구인 겁니다.

우리 두 사람은 천안 흑성산에서 근무하게 되었습니다. 깊은 산속에서 함께 근무를 하다 보니 꽤 친해졌는데, 이야기를 나누던 중 이 친구가 교회에 다닌다는 것을 알게 됐습니다. 저 역시 깊은 신앙은 아니지만 교회를 다니고 있던 터라 여러 가지 종교적인 이야기를 많이 나눴습니다. 신앙생활을 하며 풀리지 않던 크고 작은 의문들이 친구와의 대화중에 하나둘씩 풀렸고, 친구의 남다른 신학적 지식에 감탄하게 됐지요.

어느날 그 친구가 산꼭대기에서 일주일간 먹을 장을 보러 산 밑 마을에 내려갔을 때 우연치 않게 그의 가방 안에서 책 한 권을 발견하고 깜짝 놀라고 말았습니다. 통일교 교리서인 《원리강론》이었던 겁니다. 당시만 해도 통일교에 대해 좋지 않은 선입견을 가지고 있었던 저는 그 즉시 절교를 선언했습니다.

그렇게 사흘이 지났습니다. 그런데 이유도 없이 갑자기 입안이 헐고 이가 아프기 시작했습니다. 산꼭대기 초소에 상비약이라고는 소독약뿐이었지요. 참다못해 찬물을 입에 머금었다가 뱉어내곤 했지만 고통이 멈추는 건 잠시뿐 또다시 극심한 치통에 잠도 이루지 못할 지경이었습니다.

치통에 몸부림을 치며 잠 못 들다가 새벽녘에 깜박 잠이 들었습니다. 언제 잠이 들었는지도 몰랐는데 그 잠깐 새에 꿈을 꾸었습니다. 커다란 강당에 까만 교복을 입은 학생들이 빼곡히 앉아 있고, 어떤 사람이 연단에서 강연을 하고 있었습니다. 학생들 사이에 있던 저는 강연이 끝난 뒤 바깥으로 나왔습니다. 강연장 밖 복도는 화려하게 꾸며져 있었는데, 곧이어 좀 전에 강연을 했던 분이 간부처럼 보이는 사람들과 함께 바깥으로 나왔습니다. 길을 막지 않으려고 벽에 바짝 붙었는데, 그분이 저를 보더니 대뜸 오라고 부르는 것이었습니다. 가까이 다가가니 제게 이가 아프냐고 물었습니다. "네" 하고 대답하니 갑자기 큼지막한 철퇴를 꺼내 제 입에 넣고는 이에 대고 돌리시는 게 아닙니까. 그렇게 치료(?)를 받은 뒤 입에서 피가 나길래 퉤 하고 뱉는

찰나에 꿈에서 깨어났습니다.

시계를 보니 한 5분밖에 지나지 않았습니다. 그새 잠이 들고 꿈을 꾼 것이었습니다. 그런데 정말 이상했습니다. 신기하게도 이가 조금도 아프지 않은 겁니다. 흔적도 없이 사라진 고통에 너무 놀란 저는 잠자고 있던 친구를 흔들어 깨웠습니다.

"나 이빨 다 나았다."

그러면서 꿈 얘기를 했습니다. 그런데 제 얘기를 가만히 듣던 친구가 말없이 자리에서 일어났습니다. 뭔가를 뒤지는가 싶더니 손에 뭔가를 들고 다시 와 앉았습니다. 손에 들린 건 작은 사진 한 장이었습니다. 그 친구는 아무 말 없이 그 사진을 제게 건넸습니다. 사진을 받아든 저는 깜짝 놀라고 말았습니다.

"내가 꿈에서 본 사람인데. 이분이 누구셔? 네가 어떻게 이 사진을 갖고 있는 거야?"

사진의 주인공은 바로 문선명 선생이었습니다. 그때까지 저는 선생을 단 한 번도 뵌 적이 없었습니다. 통일교도 그저 그런 이단 중 하나라고 생각했을 뿐 관심의 대상이 아니었습니다. 그랬던 제가 꿈을 통해 그분을 처음 뵈었던 것입니다.

그런 경험을 한 뒤 저는 생각을 바꿔 조금씩 마음의 문을 열었습니다. 처음부터 완전히 믿었던 건 아닙니다. 의심도 많고 신앙도 부족했기에 갈등하는 마음이 컸습니다. 확신을 얻을 수가 없어 금식 기도를 하기도 했습니다. 한번 금식 기도를 할 땐 일주일간 물 이외에는 아무것도 입에 대지 않고 오로지 기도만 했습니다. 그런 기도를 입교를 결단할 때까지 네 번이나 했습니다. 그만큼 절박했지요.

당시 저는 인생에 관련한 여러 문제로 한창 고민이 많았던 젊은 시절이었기에 새로운 신앙을 세운다는 것이 두렵고 힘이 들었습니다. 쇠를 담금질하듯 마음을 다잡으며 응답을 구하고 확신을 찾는 기도를 얼마나 오래 했는지 모릅니다. 그렇게 저는 한발 한발 섭리의 길에 다가설 수 있었습니다.

그분을 직접 대면하고 말씀을 나누기 시작한 것은 그로부터 또 한참 지나서입니다. 그분이 직접 인사를 주관하는 자리에 오른 뒤였습니다. 간부 중에서도 선생을 직접 뵐 만큼 책임 있는 자리에 오르고 나서부터였지요.

벌써 50여 년이 지났지만 아직도 꿈에서 뵌 선생의 모습이 생생합니다. 이빨이 아프냐고 물으시던 음성도 귓전에 울리는 듯합니다. 압도되는 분위기에 잔뜩 긴장되던 마음도 여전히 남아 있습니다.

신앙을 가지지 않은 사람에게는 생소한 이야기일지 모릅니다. 그러나 믿음을 갖고 신앙생활을 하는 사람들은 눈에 보이는 육적 체험이 아닌, 보이지 않는 영적 체험을 통해 인생의 변화를 맞곤 합니다. 저 역시 그랬습니다.

돌이켜 보면 520명 가운데 하필 그 사람을 만난 것, 통성명도 하지 않은 채 그와 내가 26명의 핵심 인원으로 뽑힌 것, 그 뒤 두 사람이 파트너가 되어 함께 근무하게 된 것, 산속에서 신앙에 대해 이야기하는 중에 그가 통일교인임을 알게 되어 절교 선언을 한 것, 이유 없이 치통을 앓는 중에 꿈에서 선생을 뵌 것, 이를 계기로 마음을 열고 그분의 말씀을 공부하게 된 것, 금식기도 끝에 하나님의 뜻을 다시 확인한 것까지 이 모든 일들이 그분께 이르는 축복된 여정이었음을 새삼 깨닫게 됩니다. 사람에 대한 진정한 사랑은 당신을 전혀 모른 채 통일교를 외면하기까지 했던 작은 청년에게조차 닿아 있었습니다.

마음이 외로워질 때, 세상에 홀로 서 있다는 느낌이 들 때 그분께서 베푸셨던 넘치는 사랑을 떠올리면 가슴 저 밑바닥에서 따뜻한 온기가 차오릅니다. 50여 년 전 꿈에서 저를 찾아오셨듯 지금도 영계에서 제 모습을 지켜보실 거라는 생각과 함께 과연 나는 그분과의 소중한 인연을 계속 지켜나가고 있는지를 성찰하게 됩니다.

훗날 다시 뵈었을 때 “잘하고 왔다. 수고했다” 하고 웃으실 수 있도록, 초심을 잃지 않고 감사하는 마음으로 잘 살아갈 수 있도록 오늘 이 시간도 마음을 담아 기도합니다.

30년 만에
다시 찾은 인연

살면서 우리는 많은 인연을 맺으며 살아갑니다. 세상에 태어나 부모와 첫 인연을 맺은 뒤 마지막 눈을 감는 순간까지 우리가 맺은 인연의 매듭은 적게는 수백, 많게는 수천에 이를 것입니다. 하지만 그 모든 인연을 끝까지 가져가는 사람은 없습니다. 내게 중요하고 값진 인연은 계속 이어가지만 큰 득이 없거나 마음을 공유하지 못할 인연이라 생각되면 나도 모르게 관심을 거두다가 결국 잊어버리고 맙니다.

하지만 아쉬움도 잠시뿐 그것을 잘못이라고 생각하는 사람은 없습니다. 너나 할 것 없이 다들 그렇게 살아가니까요. 쉽게 손을 잡았다가 언제 그랬냐는 듯 바로 등을 돌려버리는 관계들 속에서 과연 우리 인생에 '참 인연'이라는 것이 있기는 한 건지 의문이 듭니다.

지금으로부터 20여 년 전, 그러니까 2000년으로 기억합니다. 당시 가정연합은 청평에 수련소를 짓고 새로운 출발을 다짐하고 있었습니다. 선생은 그곳에서 이미 신앙으로 결속된 축복가정들이 재축복을 통해 새롭게 출발하는, 이른바 '입적축복'을 하겠다고 공표하셨습니다. 가정연합 회장이던 저는 그분의 뜻에 따라 집회와 교육 등 의식을 위한 준비에 착수했지요. 그렇게 한창 행사 준비를 하고 있는데 선생이 갑자기 말씀하셨습니다.

"황 회장, 박○○ 알지?"

"네?"

"왜 그 초창기 식구 있잖아."

"아, 네. 압니다."

"그 사람이 지금 어디 있는지 찾아서 데려오지."

저를 비롯해 그 말씀을 전해 들은 사람들은 모두 깜짝 놀랐습니다. 선생이 말씀하신 분은 초기 교회 시절 열심히 신앙생활을 했던 분이었습니다. 전해 듣기로 주변 사람들이 "저 사람이 문 총재님 아들인가?"라고 할 만큼 많은 사랑을 받았다고 합니다. 하지만 안타깝게도 젊은 시절에 교회를 떠났고 그 뒤로 30년 가까이 시간이 흘렀습니다. 10년이면 강산도 변한다는데 그보다 더 긴 시간 동안 연락 한 번 닿지 않았지요. 더욱이 신앙을 버리고 떠났던 터라 쉽게 그의 소식을 찾을 수 없었습니다.

만나면 알아볼 수나 있을까 싶을 만큼 이미 긴 시간이 흘렀지만 저는 선생의 뜻에 따라 팔방으로 그를 수소문했습니다. 오랫동안 신앙생활을 한 분들을 일일이 찾아 소식을 물었고, 결국 그의 행방을 찾을 수 있었습니다. 그런데 청년의 모습으로 떠났다가 중년에 이르러 다시 그분의 부름을 받은 그는 통일교에서 가장 중요한 가치를 두고 있는 가정도 온전히 지키지 못한 채 살고 있었습니다. 안타깝게도 더 이상 스승이 아끼던 제자의 모습이 아니었지요.

저는 의문이 들었습니다. 오래 전에 당신의 사랑을 배신하고 떠난 제자를 과연 선생은 어떻게 맞이하실까? 지금 어떻게 살고 있는지 들으면 꾸중하지 않으실까? 이런저런 생각을 하다 보니 제가 다 긴장이 되었습니다.

선생께서 찾으신다는 소식을 전해 들은 그도 긴장한 기색이 역력했습니다. 찾아뵙기에는 그동안 살아온 세월이 너무 죄송했을 겁니다. 하지만 그렇다고 모처럼 옛날 모시던 어른이 부르는데 외면할 수도 없는 노릇이었지요. 결국 그는 저를 따라 선생을 뵙게 되었습니다.

청평에 도착한 것은 늦은 오후였습니다. 선생은 손수 창단한 일화 천마 축구팀의 경기를 시청하고 계셨습니다. 제가 먼저 인사를 드리니 "왔어?" 하고 아는 척을 하십니다. "네, 박○○ 님을 모시고 왔습니다" 하고 말씀을 올렸는데 "그래?" 하더니 고개도 돌리지 않고 계속 텔레비전만 보시는 겁니다. 그를 곁에 앉혀두고는 경기가 끝날 때까지 말 한마디를 하지 않으셨습니다. 자리에 함께한 사람들도 아무 말을 하지 못했습니다. 한참 동안 숨 막히는 긴장감이 흐르는 중에 드디어 경기가 끝나고 선생이 고개를 돌려 그를 물끄러미 바라보셨습니다.

"어떻게 살았나?"

조용한 물음이었습니다. 그는 고개도 제대로 들지 못한 채 그간 살아온 이야기를 더듬더듬 털어놓았습니다. 아내와 헤어진 채 살아온 지난 세월을 힘겹게 전했지요.

"죄송합니다…."

죄송하다는 말을 거듭하는 옛 제자를 아무 말 없이 지켜보던 선생은 나지막한 목소리로 아내를 다시 찾으라고 말씀하셨습니다. 괜찮다고, 이제부터 다시 시작하면 된다고 격려하며 당신께서 직접 재축복을 해주겠다고 하셨지요. 꾸중은 단 한마디도 없었습니다. 곁에 있던 사람들은 선생의 뜻밖의 말씀에 감히 대꾸조차 하지 못했습니다. 가슴 깊은 곳에서 잔잔히 전해져오는 감동에 눈시울을 붉힐 따름이었지요.

선생의 말씀대로 그가 헤어진 아내를 찾아 다시 가정을 꾸리고 돌아왔더라면 얼마나 좋았을까요. 안타깝게도 다시 돌아오지 못했습니다. 그럴 만한 사연이 있었겠지요.

하지만 선생은 다시 돌아오지 않는 제자를 두고 아무 말씀이 없으셨습니다. 사람인 이상 섭섭하거나 화가 날 법도 한데 역정 한번 내지 않으셨습니다.

사람을 대함에 있어 당신께는 상대의 마음이 중요한 것이 아니었습니다. 상대가 어떤 생각을 하든지 한 번 맺은 인연의 끈을 절대 놓는 법이 없었습니다. 비단 통일교 식구들에게만 국한된 것이 아닙니다. 신앙의 인연이든 세상의 인연이든 상관없이 사람으로 살아가는 동안 만났던 모든 이들을 결코 모른 척하지 않으셨습니다.

나이를 먹으면 먹을수록 사람과의 관계가 참 어렵다는 생각이 듭니다. 선생께서 한평생 인연의 끈 하나하나를 그렇게 소중히 여기시던 것이 더욱 가슴속 깊이 새겨집니다. "세상 그 어떤 사람도 특별하지 않은 존재가 없다"고 하시던 그분을 떠올릴 때마다 내가 그동안 만나온 사람들이 생각납니다. 과연 나는 그들을 진심으로 소중히 여겨왔는지, 또 나를 아는 사람들은 과연 나를 어떤 인연으로 받아들이고 있을지 생각해보면 나도 모르게 부끄러워집니다. 스승께 보고 배운 것은 차고 넘치는데 제 그릇은 그만큼 깊고 넓지 못합니다. 그래서 그저 하루하루 정진할 도리밖에 없습니다.

브라질 자르딘에서

소박하게 식사하시는 순간을

앵무새가 함께했다.

부모의 심정으로
종의 몸을 써라

선생의 삶을 회상할 때 저는 "부모의 심정으로 종의 몸을 써라"라는 표현을 자주 인용합니다. 이 말은 우리에게 행동으로 직접 보여주셨던 삶의 지표이자 가르침입니다. '어떻게 세상을 살아야 하는가?'라는 인생의 본질적인 물음에 대한 답으로, 통일교 식구들에게는 깊은 의미를 지닌 슬로건이라고 할 수 있지요. 그런데 '부모의 심정으로 종의 몸을 쓴다'는 게 대체 무슨 뜻일까요.

아이를 사랑하는 부모의 마음은 세상 그 어떤 것보다 고귀합니다. 내리사랑이라는 말이 있듯 자식을 대하는 부모의 사랑은 늘 차고 넘칩니다. 세상 모든 것을 대할 때 그런 마음을 가지라는 것입니다. 주인을 섬기는 종은 그 어떤 궂은일도 마다하지 않습니다. 주인을 위해 무엇이든 다 하지만 제 것을 고집하거나 욕심을 부리지 않습니다. 주인을 위하는 것이 곧 자신의 인생입니다. 종이 정성을 다해 주인을 섬기듯 아낌없이 희생하고 자신을 내어주도록 내 몸을 이끌라는 것입니다.

마음은 자식을 기르는 부모처럼, 행동은 주인을 섬기는 종처럼 하라는 당신의 말씀을 선생은 평생에 걸쳐 보여주셨습니다. 마음은 늘 지극한 정성으로 가득하셨고, 그것을 행위로 드러낼 때는 몸을 아끼지 않고 열정적으로 투신하셨습니다.

그 모습은 사람을 대할 때에도 종종 드러나곤 했습니다. 지위고하를 막론하고 어느 누구도 가벼이 여기지 않으셨지요. 잠시 스쳐가는 인연, 처음 보는 사람일지라도 그 짧은 순간 집중해 온 마음을 보이셨고 당신이 할 수 있는 최선의 배려를 베푸셨습니다.

여수에 머물 때의 일입니다. 여수에 계실 때 선생은 낚시를 하러 근처 바닷가에 종종 나가곤 하셨습니다. 젊은 시절부터 워낙 낚시를 많이 해오셨으니 고기 낚는 법에 대해서는 훤히 꿰뚫고 계셨습니다. 그런데 여수에서 많이 나온다는 농어는 이상하게 잡히지 않았습니다. 농어 낚시에 애를 먹고 있는데 어떤 이가 다가와 농어 잡는 법은 보통 낚시법과 다르다며 말을 건네는 겁니다. 알고 보니 그 마을 이장이었습니다. 평범한 촌부였지요.

선생은 그가 하는 말을 열심히 들으시더니 대뜸 낚시법을 한 번 보여 달라고 청하셨습니다. 너무 스스럼없이 대하셔서 모시는 우리들이 오히려 놀랄 지경이었지요.

이장과의 인연은 그렇게 우연한 기회에 시작되었습니다. 그 뒤로 마을 이장은 선생이 계신 곳을 마실 다니듯 자주 들락거렸습니다. 선생께서는 얼마 지나지 않아 당신의 방식과 접목해 새로운 방법을 창안했고 오히려 이장에게서 배운 방법보다 훨씬 더 많은 농어를 잡게 되셨지요.

그런데 참 희한하게 그 마을 이장은 그 뒤로도 계속 선생을 따랐

여수에 계실 때 필자가 모처럼 물고기를 잡자 함께 기뻐하셨다.

습니다. 선생 또한 이장이 당신께 자주 찾아오는 것을 마다하지 않으셨지요. 그이가 와서 하는 얘기는 특별할 것이 없었습니다. 마을에서 벌어진 소소한 사건들, 마을 주민들이 살아가는 이야기 등 평범한 일상에 대한 수다였습니다. 하지만 그분은 그 이야기를 기꺼이 들으며 당신의 귀한 시간을 내주셨고, 마을 이장은 어느덧 마음을 열고 제집 드나들 듯 찾아왔습니다.

축복가정은 물론 가정연합 식구도 아니고 중요한 직책이 있지도 않은 사람입니다. 하지만 선생은 이장을 앞세워 섬 안내도 받으며 거리낌 없이 편히 대하셨습니다. 평범하게 생각하자면 한 공간에 머무를 이유가 전혀 없는 두 사람이 그렇게 가깝게 지내게 된 것이지요. 지금 생각해봐도 참 신기하게 느껴지는데, 선생이셨기에 가능한 관계가 아니었을까 하는 생각이 듭니다.

그런데 얼마 지나지 않아 선생이 국제회의에 참석하기 위해 미국으로 떠나게 되셨습니다. 국내외 지도자급 인사들이 참석하는 중요한 회의여서 이런저런 준비를 체크하시던 저녁, 마을 이장이 여느 날처럼 청해가든에 마실을 왔습니다. 어른께서는 미소로 맞으며 물으셨지요. "내가 미국에 가야 할 일이 생겼는데 임자는 미국에 가본 적이 있나?"

갑작스런 질문에 이장은 "아휴, 제가 미국에 가본 적이 있겠습니까? 한 번도 안 가봤습니다. 저는 여권도 없어요" 하고 대답했습니다.

그런데 그 대답에 선생이 이렇게 말씀하시는 겁니다.

"그래? 그럼 이참에 나하고 같이 미국에 가보지."

그 자리에 있던 그 누구도 상상하지 못한 말씀이었습니다. 선생은 우리에게 빨리 이장의 여권을 만들어주라고 지시하셨고, 지시대로 마을 이장의 여권을 준비했습니다. 생애 첫 여권을 그분이 만들어주신 셈이었지요. 그렇게 모든 준비를 마친 뒤 당신 전용기에 이장을 동석시켜 미국으로 직접 데려가셨습니다.

선생이 미국으로 떠난 며칠 뒤 저 역시 일정에 합류하기 위해 미국에 갔습니다. 도착해서 보니 그 마을 이장이 뉴욕에 있는 당신 자택에 머물고 있었습니다. 당신께서 직접 자택에 있는 방을 따로 내주셨던 겁니다. 영어도 부족한 사람을 낯선 미국 땅에 혼자 지내게 할 수 없다며 곁에 머물게 하신 것이었습니다.

집이란 굉장히 사적인 공간입니다. 선생을 몇 십 년간 모셔온 간부들도 그분 저택에서 함께 기거하는 일은 없었습니다. 근처에 숙소를 따로 마련한 뒤 저택으로 찾아뵙는 것이 보통이었지요.

선생의 배려는 그것으로 그치지 않았습니다. 미국에서 열린 여러 행사에 이장을 공식으로 초청하셨습니다. 그렇게 초청 명단에 이름을 올리게 하고는 행사장에 갈 때마다 함께 다니셨습니다. 한국에서 직접 초대한 당신의 손님이라며 말입니다.

덕분에 그이는 국회의원을 비롯해 정재계의 명망 있는 사람들이 참석하는 자리에 특별 게스트로 함께할 수 있었습니다. 선생을 만나지 못했더라면 전용기를 타고 미국까지 가서 명망 있는 인사들과 함께하는 시간을 갖지는 못했겠지요. 그 사람에게는 평생 잊지 못할 귀한 선물이 아니었을까 싶습니다.

선생은 생면부지의 촌부에게 부모와 같은 마음으로, 모든 것을 베풀어주셨습니다. 지금에 와 생각해봐도 당신이 아니면 누구도 할 수 없는 일입니다. 아예 생각조차 못했을 일이지요.

이미 알려져 있듯 선생은 권력을 지닌 이들에게 경계의 대상이었고, 편견과 몰이해 속에 고난을 당하기도 하셨습니다. 하지만 그보다 더 많은 사람들로부터 존경과 사랑을 받으셨습니다. 성화하신 지금 이 순간에도 여전히 그분을 그리워하는 사람이 많습니다. 그것은 강요에 의한 것이 아닙니다. 선생의 삶을 진정으로 이해하는 사람은 그분 앞에 저절로 머리를 숙일 수밖에 없습니다. 한때 스쳐 지나가는 인연조차 부모의 마음으로 종의 몸을 쓰신 그분께 빚을 진 사람이 한둘이 아닙니다.

저 역시 큰 빚을 진 사람이기에 보은하는 마음으로, 그분께서 몸소 보이신 것처럼 '부모의 심정으로 종의 몸을 쓰듯' 살고 싶습니다. 하지만 그분처럼 사는 것은 불가능한 일이기에 마음속으로 조용히 청해봅니다. 부모의 마음을 벗어날 때마다, 종의 몸처럼 살기가 힘들어질 때마다 제게 힘을 주십사 하고 말입니다.

누군가를
사랑한다는 것

선생이 한평생 가장 많이 강조하고 또 몸소 직접 보여주셨던 가장 큰 가치는 '존재하는 모든 것들에 대한 사랑'이 아닐까 싶습니다. 상대에게 아무것도 바라지 않고 그저 존재 자체만으로 애달파하는 궁극의 사랑이라고 할까요. 길가의 들꽃 한 송이조차 소중히 여기는 그 마음은 세상 모든 만물에 대한 사랑에서 비롯한 것이었습니다.

선생께는 오직 '사랑'만이 삶의 목적이자 존재의 이유였습니다. 한없이 사랑하기 위해, 또 사랑으로 하나 된 세상을 완성하기 위해 어떠한 고난의 길도 마다하지 않으셨지요.

하나님을 향한, 또 세상 모든 존재를 향한 깊이를 알 수 없는 사랑을 마주할 때마다 저는 저절로 고개가 숙여지곤 했습니다. 말로 표현하지 못할 만큼 가슴이 벅찼고, 한편으로는 어떻게 하면 선생의 모습을 조금이나마 감히 본받을 수 있을지, 그 철학을 가슴에 더 깊이 새길 수 있을지 고민했습니다.

그런 제게 여수에서 그분과 함께했던 시간들은 적지 않은 깨달음과 배움을 가져다주었습니다. 가정연합 회장직을 맡은 뒤로 아침저녁으로 찾아뵈며 매 순간 가르침을 받았지만, 특히 여수에 머물던 몇 년간은 한 공간에서 하루 종일 모시며 지내다시피 하여 그분의 삶과 철학을 체험할 수 있었습니다. 숨결이 닿을 만큼 가까운 곳에서 모셨던 그 시간들은 제 일생을 통틀어 가장 귀하고 행복했던 순간입니다. 책임자라는 엄중한 임무를 수행하는 만큼 밤잠을 쪼개가며 고군분투한 적도 많았지만, 한편으로는 감히 범접하지 못할 그분의 일상을 가까이에서 체험하는 영광을 누렸습니다.

선생은 여수에 머무는 동안 간부들에게 보고를 받거나 중요한 의사결정을 하는 등 공무를 보시긴 했지만 한편으로는 격식에 얽매임 없이 사셨습니다. 작은 신축 서민아파트를 개조해 단출하게 생활하셨지요. 조금 더 크고 편리한 시설을 갖춘 곳에서 머물 수 있었지만, 선생의 뜻에 따라 그 작은 아파트를 소박하고 단정하게 단장했습니다. 화려한 꾸밈없이 작은 지붕과 붉은 벽돌로 완성된 집을 보고는 무척 좋아하셨지요. 입주하던 날 '청해가든'이라고 휘호를 내리셨고, 마치 고향집에 온 듯한 느낌이라며 편안해 하셨습니다.

그곳에 머무시는 동안 선생은 각양각색의 사람들을 만나셨습니다. 스스로 권위를 내려놓고 방문을 활짝 열어두셨기에 통일교 식구들부터 지역 주민에 이르기까지 많은 사람들이 아주 가까이에서 선생을 뵐 수 있었습니다. 훈독회가 열릴 때면 따로 마련된 훈독회실에 120명이나 되는 사람들이 문턱까지 빼곡히 들어차기도 했습니다.

선생을 뵙기 위해 모인 사람 중에는 1960년대 말 초창기 교회를 개척한 분들도 계셨습니다. 교회가 자리 잡는 데 청춘을 바쳤던 그분들은 어느덧 할머니가 되어 찾아왔습니다.

선생은 아침 훈독회 때 그분들의 모습이 눈에 띄면 "어, 왔어?" 하

남해안을 두루 살피신 후 해양섭리 기지로 여수 청해가든을 마련하셨다.

며 인사를 건네고는 훈독회를 마친 다음에 꼭 따로 부르셨습니다. 그러고는 그간 어떻게 살았는지, 형편은 어떤지 물으셨지요.

선생의 질문에 할머니들은 저마다 옛 이야기를 한보따리씩 풀어놓았습니다. 반세기 전의 오래된 추억부터 자식들 이야기, 생계를 꾸려가느라 힘들었던 이야기까지 한번 시작된 이야기가 몇 시간씩 이어지기도 했습니다. 그분은 그 모든 이야기를 "아, 그랬어?" 하고 연신 고개를 끄덕이며 열심히 들어주셨습니다. 어떻게 보면 그저 평범한 넋두리인 이야기들을 끝까지 경청하셨지요.

그 모습을 곁에서 뵙자니 왜 저런 세세한 이야기들을 장단까지 맞춰가며 들어주시는지 궁금해졌습니다. 그분들이 돌아가고 난 뒤 조심스럽게 여쭙자 선생이 말씀하셨습니다.

"저 사람들은 일평생 이어진 자기들의 고단한 삶을 딱 한 번 나한테 털어놓는 거다. 내게 말함으로써 그동안 맺힌 한을 풀어내고 있는데 그렇게 귀한 가치가 있는 이야기를 들어주지 못할 이유가 없다."

선생께서는 그저 평범한 푸념을 들으신 게 아니었습니다. 할머니들이 입을 연 순간 당신의 눈은 이미 그분들의 먼 과거 깊숙이에 가 있었고, 이야기 이면에 숨겨진 깊은 상처를 보고 계셨습니다. 연신 고개를 끄덕이며 "그랬구나" 하고 호응하신 것은 그 자체로 그분들에게 위로와 사랑이었던 것이지요.

인간관계학의 대가 데일 카네기는 "다른 사람의 이야기를 진지하게 들어주는 경청의 태도는 우리가 다른 사람에게 보일 수 있는 최고의 찬사 가운데 하나"라고 말했습니다. 선생이 할머니들에게 보이신 태도는 그 자체로 상대에 대한 최고의 존중이었고, 또 그분만이 보일 수 있는 진실한 사랑의 표현이었습니다. 그리고 그 모습은 어느 누구를 대하든 한결같으셨습니다.

관계의 단절, 소외감과 고독이 나날이 팽배해지는 요즘입니다. 입으로는 사랑을 말하면서도 실제 삶에서는 타인과의 관계를 끊어 놓고 스스로 고독을 택하는 것이 우리들의 모습이 아닐까 하는 생각이 듭니다. 그런데 그토록 사랑을 원하면서도 사랑하는 방법을 모르는 우리에게 그분은 스스로 본을 보이셨습니다.

누군가를 진심으로 사랑하는 일은 나를 낮춰 상대와 눈높이를 맞추고, 그가 하는 이야기를 마음을 기울여 듣는 데서 시작됩니다. 선생의 모습을 떠올리며 '그의 이야기를 듣기 위해 나를 내어주는 것', 그것이 곧 사랑이 아닐까 생각해 봅니다. 그리고 스스로에게 묻습니다. 오늘 누구에게 어떤 말을 들었는지, 그가 하는 말을 나는 온 마음을 다해 귀 기울여 들었는지 말입니다.

미국 대도시 순회강연 중에

말씀하시는 선생

아프리카에 뿌려진 평화의 씨앗

하늘의 부름으로 성화하기까지 선생은 약 한 달간 병원에서 지내셨습니다. 평생 건강을 살필 겨를 없이 일분일초를 아끼며 산 선생이 병상 생활을 받아들이셨을 리 만무합니다. 결국 그분은 주변 만류에도 불구하고 입원한 지 열흘 만에 퇴원을 강행하셨습니다.

당신께서 이 세상에 머물 날이 얼마 남지 않았다는 것을 이미 알고 계셨던 걸까요. 청평 공관에 돌아온 선생은 그날 하루 휠체어를 타고 청평 공관 곳곳을 둘러보고는 "다 이루었다!"라는 말씀을 네 번이나 반복하셨습니다. 그 뒤 체력이 급격히 떨어져 다시 서울 성모병원에 입원하셨고, 당신께서 손수 세운 청심병원으로 거처를 옮긴 지 닷새째 되던 날 하늘로 이르는 길을 택하셨습니다.

성화하기 전인 2010년에 선생은 이미 복귀섭리를 완성·완결·완료하고 이 땅에 오신 모든 책임과 사명을 완성했음을 선포하셨습니다. 이 세상의 섭리의 여정을 모두 이뤄냈다는 의미입니다.

그런데 "이루었다"는 말씀이 뜻하는 바가 무엇일까요? 선생이 마지막으로 남기신 그 말씀을 되뇔 때마다 떠오르는 일화가 있습니다.

지금으로부터 10여 년 전 아프리카를 대상으로 '평화대사平和大使' 들의 순회대회가 열렸습니다. 평화대사란 '위하는 삶'의 모범을 보여준 사람으로서, 인류가 하나 된 평화로운 세상을 실현하는 데 기여하는 사람들을 말합니다.

선생은 세계 곳곳에서 벌어지는 분쟁과 갈등을 막고 하나 된 세상을 만들기 위해 사회 각 분야의 지도자층으로 구성된 평화대사 운동을 출범시켰습니다. 오직 평화로 하나 된 세상을 구현하려는 목적으로 전 세계의 명망 있는 사람들이 평화대사로 임명되었지요.

이들은 통일교와는 무관한 사람들이었습니다. 선생은 인류의 하나 됨에 있어 종교적 차이는 괘념치 않으셨습니다. 세상 모든 이가 한 핏줄이라는 관점에서 보수와 진보, 흑인과 백인, 불교와 기독교, 이슬람과 유대교가 함께하는 장을 만드셨습니다.

그 어떠한 다른 목적 없이 순수한 열정 하나만으로 모인 사람들이었기에 이들이 함께한 자리는 늘 뜨거웠습니다. 종교, 인종, 문화적 갈등을 극복하고 인류가 하나가 되는 일에 모두가 발벗고 나섰지요.

이들은 전 세계 곳곳을 다니며 세계평화에 대해 강연하고 어려운 사람들을 돕는 활동을 했습니다. 모든 평화대사들이 진심을 다해 열심히 평화운동을 펼쳐 나갔지요.

그들 중 특히 기억에 남는 분이 국회의원을 지낸 고故 황규선 회장입니다. 동국대 철학과 교수로 후학 양성에 힘을 쏟기도 했던 황규선 회장은 평화대사협의회 경기남부 회장을 맡아 저소득층과 다문화가정에 평화의 쌀을 지원하는 등 많은 활동을 펼쳤습니다. 그러던 중 선생의 지시로 아프리카로 순회대회를 떠나게 된 겁니다.

평화대사가 강연을 위해 해외로 가면 그 나라에서 활동하고 있는 통일교 식구가 강연 등 현지 행사를 돕습니다. 더욱이 아프리카처럼 낯선 곳이라면 현지 담당자의 도움이 반드시 필요합니다. 하지만 아프리카가 어떤 곳입니까. 유럽이나 미국처럼 편의시설이 잘 갖춰진 곳도 드물 뿐더러 끼니를 걱정할 만큼 가난하게 사는 사람들이 대다수입니다.

당시 황규선 회장을 수행한 담당자는 모처럼 방문한 한국의 손님을 편히 모실 만한 형편이 못 되었습니다. 그가 궁여지책 끝에 황 회장을 모신 곳은 시내 호텔이 아니라 자신의 집이었습니다. 젊은 부부와 올망졸망한 아이들이 사는 낡고 오래된 집이었지요. 도착해보니 두 칸짜리 방을 부부와 아이들이 한 방씩 나눠 쓰고 있었는데, 먼 타국에서 자기네 나라를 애써 찾아와준 손님을 위해 아이들이 쓰던 방을 깨끗이 정리해 두었더랍니다. 아이들은 이미 엄마 아빠가 쓰는 방으로 자리를 옮긴 뒤였지요.

황 회장은 그날 밤 잠을 이루지 못했습니다. 왜 안 그랬겠습니까. 가난하지만 따뜻한 그들의 정성이 고맙고 또 안쓰러워 밤새 뒤척이며 상념에 젖었다고 합니다. 그렇게 꼬박 밤을 지새우다 보니 어느덧 새벽녘이 되었습니다. 한 5시쯤 되었을까요. 황 회장의 귀에 방문 밖에서 조용조용 사람들이 움직이는 소리가 들렸습니다. 이 새벽에 무슨 일일까 싶어 슬그머니 방문을 열고 살피려던 찰나 황 회장은 믿기 어려운 광경을 목격했습니다.

황 회장의 눈에 들어온 것은 선생의 사진 앞에 옹기종기 모여 앉은 가족의 모습이었습니다. 이른 새벽잠에서 깨어난 가족이 제일 먼저 한 일은 통일교에서 가장 중요한 삶의 원칙으로 여기는 '가정맹세문'을 낭독하는 것이었습니다. 그것도 한국어로 말입니다. 서툰 한국어로 여덟 개 가정맹세 조항을 더듬더듬 낭독한 흑인 가족은 곧이어 훈독회를 시작했습니다. 번역된 말씀집을 정성을 다해 읽고 묵상한 후에야 그들의 아침 기도는 끝이 났습니다.

일정을 마치고 한국에 돌아온 황 회장은 이 이야기를 전하며 평생 잊지 못할 울림을 받았다고 말했습니다. 한국이라는 작은 나라에서 비롯한 선생의 가르침이 머나먼 이국의 작은 가정에, 그것도 한국어로 전해지는 것을 직접 목격했으니 말입니다. 황 회장은 이후에도 늘 평화대사로서의 자부심과 사명감을 갖고 세계평화를 위해 매진했습니다.

앞서 말했듯 선생은 성화 전에 수 차례에 걸쳐 "다 이루었다"고 말씀하셨습니다. 종교, 정치, 경제, 사회, 문화, 교육, 언론 등 사회 각 분야에서 이루신 일은 일일이 거론하기 어려울 만큼 많습니다. 하지만 저는 그분이 남기신 "이루었다"는 말씀에는 더 깊은 의미가 있다고 생각합니다.

세상이 인정하는 공적보다 중요한 것은 섭리의 완성입니다. 섭리의 완성이란 곧 평화로 하나 된 세상입니다. 바다 건너 아프리카의 한 작은 가정에서 드러났듯, 선생이 뿌린 평화의 씨앗이 세계 곳곳에서 이미 싹을 틔웠습니다.

이렇듯 선생은 평화를 만들어가는 기본 토대를 만드셨습니다. 세상에 남기신 무수한 공적보다 더 중요한 이룸, 그것은 이 땅에 평화의 씨앗을 싹틔우고 가셨다는 점입니다.

인류 역사가 시작된 이래 이 세상은 종교적 갈등, 인종적 갈등, 국가적 갈등, 민족적 갈등, 이념적 갈등을 딛고 서로 화합한 예가 없습니다. 목적도 의미도 상실한 전쟁이 세계 곳곳에서 계속되고 있습니다. 그로 인해 죽어간 사람이 얼마일까요.

선생은 이런 아픈 역사를 멈추고 하나님께서 원하신 인류 대가족을 이루기 위한 평화의 씨앗을 남기셨습니다. 종교, 인종, 국가, 민족, 이념과 상관없이 한 마음으로 전 세계를 누비며 평화운동을 전개하고 있는 평화대사들이 그 증거 중 하나입니다. 아프리카의 작은 가정은 그분이 뿌린 씨앗이 어떻게 자라나고 있는가를 단적으로 보여줍니다.

저는 이것이야말로 진정한 기적이라고 생각합니다. 오직 자신만의 이익을 위해 상대방의 가슴에 총칼을 겨누는 이 시대에 전 세계를 대상으로 똑같은 이상이 실현된다는 것은 사실상 불가능한 일입니다. 종교, 정치, 경제, 교육, 언론을 비롯해 세상 그 무엇도 이 세상을 한마음으로 일치시키지 못했습니다. 아니 선생의 말씀이 세상에 선포되기 전까지 이 시대는 종교, 인종, 문화, 민족 등 그 모든 것이 갈등의 원인이었습니다. 이로 인한 분열이 평화로 가는 길을 가로막고 있었지요.

하지만 선생은 이에 맞서 인간에 의한 모든 장벽을 허물고 그 위에 '평화와 화합'이라는 보이지 않는 다리를 세우셨습니다. 나라 간의 국경이 허물어진 것은 아니지만, 세상이 평화롭게 한 가족이 되는 섭리의 완성은 저 바다 건너 아프리카의 작은 가정에서 그대로 드러납니다. 이것이 바로 당신이 남기신 "다 이루었다"는 말씀의 참뜻이 아닐까요.

아프리카 순회대회를 마친 후에도 평화대사로서 헌신한 황규선 회장은 유언을 통해 당신의 장례식을 성화식으로 치르고 반드시 묘비에 평화대사였음을 새길 것을 당부했다고 합니다. 어쩌면 이 역시 작은 기적이라 말할 수 있을 것 같습니다.

작은 씨앗이 자라나 아름드리나무가 됩니다. 선생이 세상 곳곳에 뿌리신 평화의 씨앗이 지금 이 순간에도 자라고 있다고 생각하면 가슴이 벅차오르는 한편 저 자신을 돌아보게 됩니다. 평화의 씨앗이 될 한 가정의 가장이면서 선문대를 가족 공동체의 모습으로 이끌어야 하는 입장에서 나는 과연 온전한 삶을 살고 있는지 말입니다.

* **평화대사** 平和大使

평화대사는 선생이 창안하신 독창적인 것으로 민간 주도의 평화운동에 참여하는 지도자를 칭한다. 선생은 종교·인종·이념·문화의 장벽을 넘어서는 평화운동을 펼치셨고 이 운동에 참여하는 지도자를 '평화대사'로 임명하여 유엔갱신운동과 인류공동체운동을 전개했다. 이 운동에 참여하는 지도자는 세계적으로 10여만 명 되었고 일정한 교육과정과 자격 심사를 통해 위촉되었다.

인류가 하나 된

평화로운 세상을 이루기 위해

늘 고심하셨다.

기적을 불러오는 'YES'의 힘

저는 1980년 충남교구 전도사를 시작으로 여러 조직에서 공직을 수행했습니다. 그러던 중 선생의 특별한 배려로 1994년부터 미국 통일신학대학원에서 신학 공부를 하게 되었습니다. 공부가 거의 끝날 무렵인 1996년 1월 미국 뉴저지 교구장을 맡게 되었고, 그로부터 약 4개월 만인 5월에 다시 워싱턴 교구장으로 발령받았습니다.

그런데 워싱턴 교구장으로 취임하기도 전에 선생으로부터 기독교 목사 1천 명에게 '참가정 가치'에 대한 교육을 하라는 지시를 받았습니다. 예기치 못했던 지시를 받고 저는 적잖이 고민이 되었습니다. 준비기간이 3~4일밖에 되지 않을 뿐더러 그분이 정하신 날이 마침 토요일이라, 일요예배를 준비해야 할 기독교 목회자들이 참석하기가 쉽지 않다는 생각이 들었습니다. 하지만 선생은 참석자가 단 한 명뿐이라 해도 반드시 6월 초하루에 시작하라고 말씀하셨습니다.

섭리적 의미를 부여하는 그 말씀에 저는 일언반구 없이 "네" 하고 준비에 들어갔습니다. 그런데 웬일입니까. 선생 말씀대로 한 명만 참석해도 된다는 생각으로 준비에 임했는데, 1차 교육에 166명의 목사가 참석했습니다. 이후 다섯 차례에 걸쳐 1천 명의 기독교 목사 모두에게 원리교육을 성공적으로 마칠 수 있었습니다. 미국 현지에서의 목사 교육이 큰 성과를 거두자 교포 식구들도 큰 힘을 얻었고, 그 모습을 보며 저 역시 앞으로 더욱 노력하겠노라고 마음먹었습니다.

몸은 고되지만 신명나게 일하던 중 호텔 행사장에 있는 제게 선생이 직접 전화를 하셨습니다. 전화를 받고 수련회에 대해 이런저런 보고를 드리는데 그분이 뜻밖의 말씀을 꺼내셨습니다. 세계평화통일가정연합 회장을 맡으라는 지시였습니다.

이번에는 더 크게 고민이 되었습니다. 한국은 섭리의 중심 국가입니다. 가정연합 회장직을 수행하기엔 제가 너무 부족하다는 생각이 들었습니다. 그러나 이 역시 스스로 선택할 수 없는 섭리이기에 목숨을 다하겠다는 마음 하나로 선생의 뜻을 "네" 하고 감사히 받아 안았습니다.

1996년 7월 그렇게 저는 세계평화통일가정연합 회장이 되었습니다. 그때까지 계속 공직을 수행해왔지만 가정연합 회장 직무는 이전과는 차원이 다른 무게감으로 다가왔습니다. 한국을 주관하는 것은 물론 중심국가로서 전 세계의 구심점 역할을 해야 하기에 하루 24시간을 모두 바쳐도 시간이 모자랄 지경이었습니다. 업무 자체의 무게감도 컸지만 선생을 모시는 일도 이전과는 달랐습니다. 제가 해외 출장을 가거나 그분이 외국에 계실 때 빼놓고는 가족만큼이나 스승과 함께하는 시간이 많았습니다.

매 순간 긴장의 연속이었지만 그 시간들은 제 개인적으로 크나큰 축복이었습니다. 공석에서는 한없이 엄숙하고 남다른 권위가 느껴지는 그분의 따뜻한 속내를 직접 느낄 수 있었기 때문입니다. 그런 시간이 쌓이다보니 제가 먼저 나서서 제 진심을 솔직히 말씀드리게 되었고 그런 저를 선생은 또 너그럽게 대해주셨습니다. 분명 성에 차지 않는 모습을 보여드렸을 텐데도 제가 어떤 제안을 올리면 "그래, 한번 해봐라" 하고 용기를 북돋아주곤 하셨지요. 물론 선생은 어느 누구든 차별 없이 귀하게 대하셨지만 제가 느꼈던 그분에 대한 감정은 정말 나를 낳아준 친아버지 같았습니다.

돌이켜보면 저도 참 신기합니다. 조직으로 치면 상사와 부하의 관계입니다. 하지만 그런 구조적 관계를 넘어 선생께 특별한 유대감을 가졌고 그분 역시 그런 제 마음을 잘 알고 받아주셨습니다.

언젠가 일본 식구 몇 분이 선문대를 방문한 적이 있습니다. 학교를 구경시켜주며 이런저런 담소를 나누다가 갑자기 한 분이 제게 물었습니다.

"어떻게 참아버님을 그렇게 오래 모시면서 문제 한 번 없이 잘 지낼 수 있었습니까? 도대체 그 비결이 뭡니까?"

선뜻 답하지 못했습니다. 딱히 비결이라고 할 만한 게 없었으니까요. 그런데 질문을 듣고 보니 저도 궁금해졌습니다. 선생을 본격적으로 가깝게 모셨던 것은 가정연합 회장이 된 후부터입니다. 회장을 맡은 1996년부터 2012년까지 그분 곁에 머물면서 동고동락했던 삶을 떠올려 보았습니다. 도대체 그 기간 동안 나는 어떻게 그분을 아버지처럼 편하게 대할 수 있었을까. 또 당신은 그런 나를 왜 아껴주셨을까.

지면을 빌어 그때 받은 질문에 대해 답을 해보자면, 저는 선생을 가까이에서 모신 후 단 한 번도 "못 합니다. 안 됩니다"라는 말을 해본 적이 없습니다. 회장을 맡는 동안 불가능하다고 생각되는 지시가 하루가 멀다 하고 떨어졌습니다. 세상의 상식으로는 도저히 해낼 수 없을 것 같은 일들이 꽤 많았습니다. 하지만 그 판단은 오로지 당신께 맡겼습니다. 그 어떤 일 앞에서도 "네, 해보겠습니다. 할 수 있습니다"라고 말했습니다. 어떻게 해나갈 것인가는 차후의 문제였습니다.

한번은 각 나라 지도자들을 대상으로 하는 '인터내셔널 리더스 콘퍼런스'를 한국에서 열게 되었습니다. 공식 행사 전에 지도자들을 모아놓고 서울의 한 호텔에서 교육을 했습니다. 한창 강의를 하고 있는

데 선생께 전화가 왔습니다. 어디냐고 물으시길래 교육 중이라고 말씀을 드렸더니 지금 바로 당신이 계신 청평 공관으로 오라는 겁니다. 가는 길에 수행원에게 연락해 자초지종을 물으니, 제가 드린 행사 기획서에 선생께서 시키신 일이 빠졌더라는 겁니다.

그제야 이해가 갔습니다. 당시 저는 큰 행사에 대해 보고를 드리거나 허락을 구할 때 기획서 등을 미리 만들어 선생께 드렸습니다. 구두로 보고하고 기획서를 드리면, 나중에 혼자 계실 때 꼼꼼히 읽어보셨습니다. 그런데 며칠 전 본인이 지시한 일이 빠졌다며 자초지종을

남미 우루과이 푼타 델 에스테에서 열린 세계지도자회의 중 체육대회를 보시고 있다.

물으셨다는 겁니다.

사실 그건 빼먹은 게 아니라 이미 구두로 허락을 받은 일이었습니다. 지도자 1만2천 명을 대상으로 집회를 열라는 지시였는데, 준비 기간이 고작 일주일밖에 되지 않았습니다. 1만2천 명이 한 데 모일 장소를 구하기엔 시간이 너무 촉박해 한 20일쯤 후에 진행하겠다고 말씀을 올리고 허락을 받았습니다. 이미 허락을 구한 터라 기획서에 또 기재하지는 않았지요. 그런데 그 일을 두고 제가 미리 말씀을 드린 것을 깜박 잊으신 겁니다.

선생은 저를 보자마자 왜 기획서에 당신께서 지시한 집회가 빠졌냐고 물으셨습니다. 저는 바로 대답했습니다. "죄송합니다. 지시하신 대로 행사를 바로 진행하겠습니다."

종전에 이미 말씀을 올렸다는 것은 일체 입에 올리지 않았지요. 변명도 하지 않고 죄송하다고 말씀드리니 다시 구체적인 계획이 있느냐고 물으셨습니다. 선생의 질문에 저는 대규모 인원이 모일 수 있는 장소를 잡기엔 시간이 촉박하니 용산의 한국 본부교회에서 4일에 걸쳐 나눠서 하겠노라고 말씀을 올렸습니다. 그렇게까지 말씀을 올리니 그분은 되레 웃고 마셨습니다.

그리고 저는 정말 4일에 걸쳐 지도자 교육을 실행에 옮겼습니다. 첫날엔 여성 지도자, 둘째 날은 남성 지도자, 셋째 날은 청년 지도자, 마지막 날은 대학생 지도자들을 모아 3천 명씩 네 번에 걸쳐 교육을 집행했습니다.

지금은 그리운 추억거리로 남았지만 당시에는 그런 난제가 참 많았습니다. 해외 출장 중에도 지시를 받는 경우가 종종 있어서 현지 업무를 보면서 한국의 일을 동시에 진행하는 경우도 여러 번이었습니다. 하지만 그 어떤 경우에서도 못하겠다고 포기하지 않았습니다.

그런데 정말 기적처럼 도저히 불가능할 것 같던 그 많은 일들이 모두 이루어졌습니다. '어떻게든 뚫고 나간다. 해보겠다' 하는 생각이 거짓말처럼 현실이 된 것입니다. "YES"라고 말하는 순간 이미 제 안에서는 해결책이 모색되고 있었습니다. 이를테면 "YES"라는 말이 일종의 견인차 역할을 하는 셈이었지요.

제가 선생 곁에서 마치 부모 자식 간처럼 즐겁게 일하며 가까이 지낼 수 있었던 것은 'YES'라는 말 때문이 아닐까 합니다. 무조건 고개만 끄덕이는 'YES'가 아닙니다. 생각과 의지를 담은 'YES'는 정말 기적처럼 염원을 현실로 만들어줍니다.

우리가 어떤 말을 하는 순간 내 입을 통해 밖으로 나온 그 말은 힘을 발휘합니다. 내가 한 말은 내 생각을 움직이고 내 행동을 낳습니다. "NO" 대신 "YES"를 말하는 순간 이미 그 일은 제 스스로 성공을 향해 나아갑니다.

어쩌면 'YES'라는 말은 선생의 언어였던 것 같습니다. 열여섯부터 시작된 그 공적 생활에서 당신은 무수한 어려움 앞에 단 한 번도

"NO"라고 말하지 않으셨습니다. 그분을 떠올리며, 또 함께했던 지난날을 떠올리며 저는 종종 이런 말을 합니다. 내가 지금 경험하고 있고, 지금 이 순간 떠오르는 모든 일에 "YES"라고 말해보라고. 스승께서 당신 삶을 통해 증명해 보이신 것처럼, 또 그분과 함께한 지난날 경험했던 것처럼 'YES'라는 말이 선물 같은 기적을 불러다 줄 테니 말입니다.

그분의 마지막 물음

2012년 8월 2일 금요일은 제게 잊지 못할 날입니다. 그날은 제가 선생을 직접 뵙고 말씀을 나눈 마지막 날입니다. 그날의 그 짧은 만남이 이 세상에서의 마지막이 될 줄은 미처 몰랐습니다. 그로부터 한 달 뒤인 9월 3일, 스승은 하늘나라에 입성하셨습니다.

당시 저는 그분을 이전처럼 매일 뵙지는 못했습니다. 그해 3월 선생의 명을 받고 선문대 총장으로 부임하게 되었기 때문입니다.

"내 꿈이 동양의 하버드대학을 만드는 것이다. 어떻게든 네가 세계 최고의 명문으로 키워봐라."

평소 교육에 대한 그분의 열정을 익히 알고 있던 저는 그 말씀을 듣고, 부임 후 몇 개월간은 학교에서 살다시피 하며 교내 실정을 파악하는 데 힘을 쏟았습니다. 그러다 보니 선생을 찾아뵙는 건 주로 주말로 국한되었지요. 주말 아침 일찍 그분이 계시는 청평에 가서 이런저런 보고를 드리고 말씀을 듣곤 했습니다. 그런데 갑자기 금요일 오후에 연락을 주신 겁니다.

"황선조, 지금 어디야?"

"네, 아버님. 저 학교에 있습니다."

"빨리 서울로 올라오겠나."

선생이 연락을 주신 곳은 서울 용산에 있는 '오산학교'였습니다. 오산학교는 선생의 종조부 문윤국 목사가 이승훈 선생을 도와 세운 민족학교로 선생은 일찍이 이 학교에서 수학하셨습니다. 당시에는 평안북도 정주에 있었는데, 6·25전쟁 중에 남쪽으로 자리를 옮겨 서울 용산구 보광동에 자리 잡게 되었지요. 이전의 모습은 아니었지만 독립운동을 하신 종조부와 당신 유년의 추억이 서린 오산학교를 선생은 많이 아끼셨고, 바쁘신 와중에도 틈틈이 학교 정황을 확인하고 장학금을 기부하는 등 각별한 애정을 보이셨습니다. 가끔 예정에 없이 학교를 방문하기도 했는데, 그날도 계획 없이 오산학교에 가셨고 또 웬일인지 저를 찾으신 것이었습니다.

마침 저는 선문대 교정 안에 자리한 잔디구장의 제초작업을 준비하던 중이었습니다. 봄부터 여름까지 무성히 자란 풀들을 그냥 둬서는 안 되겠다는 생각에 교직원들에게 "나도 나가서 풀을 뽑을 테니,

우리 교직원들이 직접 잔디구장을 손보자" 하고 제안했지요.

전화를 끊고 보니 막막했습니다. 평소 같았다면 한달음에 선생께 달려갔겠지만 이미 교직원들과 약속한 뒤였습니다. 금요일 오후라 서두른다 한들 밤늦은 시간에 도착할 테니 차라리 주말인 다음날 일찍 찾아뵙는 게 낫지 않을까 하는 생각이 들었습니다. 그렇게 고민하던 차에 어디쯤 오고 있는지 묻는 전화가 또 왔습니다.

일행도 있을 테니 저를 다시 찾지 않으실 줄 알았는데, 아니었습니다. 두 차례나 이어진 선생의 부름에 저는 급하게 옷을 챙겨 입고 서울로 출발했습니다. 겨우겨우 서울에 도착해보니 어느덧 해가 서산 너머로 넘어가고 있었습니다.

선생은 몇몇 분들과 건물 복도 중앙에 마련된 작은 의자에 앉아 이야기를 나누고 계셨습니다. 늦은 시간까지 선생을 기다리게 해드렸다는 죄송한 마음에 이마에 흐르는 땀도 닦지 못하고 "아버님, 저 왔습니다" 하고 인사를 올렸습니다. 저를 본 선생은 왜 늦었냐는 물음 한 번 없이 "어서 와라" 하며 반겨주셨습니다. 그러곤 이윽고 물으셨습니다.

"여기까지 무슨 생각을 하면서 왔나?"

갑작스러운 질문이었습니다. 질문에 답을 하고자 가만히 떠올려

보니, 오산학교까지 오는 두세 시간 동안 저는 계속 학교 일에 골몰해 있었습니다. 미처 마치지 못한 제초작업을 비롯해 학교를 성장시키기 위한 크고 작은 사안이 머릿속에 가득했었지요. 저는 학교에 관해 생각을 했다고 말씀을 올렸습니다.

조용히 제 얘기를 듣던 선생이 이야기가 끝나자 다시 물어보셨습니다.

"더 얘기해 봐라. 무슨 생각을 하면서 왔나?"

저는 잠시 생각한 다음 오산학교에 대한 말씀을 올렸습니다. 선생이 그토록 중시하시던 교육의 길에 종사하다보니 당시 오산학교도 남다르게 느껴졌습니다. 마침 선생이 오산학교에서 저를 부르신 만큼 한국 근대사의 증거이기도 한 오산학교의 교육철학을 생각하게 되었다고 말씀을 올렸습니다.

스승은 고개를 끄덕이며 교육의 중요성을 다시 한 번 강조하셨습니다. 그러더니 또 물으시는 겁니다.

"무슨 생각을 하면서 왔나?"

세 번째 물음이었습니다. 그제야 저는 알았습니다. 선생은 제게 답을 듣기 위해 질문을 하시는 게 아니라는 것을…. 그 짧은 순간 그분의 질문은 보다 깊은 곳을 향해 있었습니다.

한여름이어도 저녁 바람은 서늘했습니다. 습한 건물 복도에서 이미 한참을 머물러 계셨기에 선생의 건강이 염려스러웠습니다. 더욱이 고된 일정을 다 소화하시느라 피로가 누적된 상태였습니다.

전달 7월 중순에 미국 라스베이거스에서 귀국하자마자 여독을 풀 겨를도 없이 전 세계 여성 지도자 등 1만2천여 명이 참석한 대규모 집회를 주관하셨고, 집회 다음날 새벽 청평 공관에서 훈독회를 주관하셨습니다. 그 뒤 곧바로 경기도 구리 수련원에서 교육 중이던 국내외 수련생들을 만나셨고, 그 이후에도 피스컵 축구대회*의 개회 선언과 우승컵 시상을 직접 거행하고 여수와 거문도를 방문하셨습니다. 젊은 사람에게도 힘들 법한 일정을 쉼 없이 강행해 오셨으니 저로서는 걱정이 되지 않을 수 없었습니다.

하지만 선생은 재차 질문을 던질 뿐 자리를 뜰 생각을 하지 않으셨습니다. 더 이상 지체해서는 안 된다고 생각한 저는 물음에 대한 답을 드리기보다 서둘러 편한 곳으로 자리를 옮겨드려야겠다고 생각했습니다. 그래서 일부러 "아버님, 여기까지 오셨는데 함께 사진 한 장 찍으시죠" 하며 화두를 돌렸습니다. 그러고는 선생의 팔을 부축한 채 사진을 찍으며 말씀을 올렸지요.

"아버님, 내일 일찍 청평으로 찾아뵙겠습니다. 오늘은 그만 쉬시는 게 좋을 것 같습니다."

그렇게 짧은 만남을 뒤로 한 채 그분을 태운 차가 오산학교를 떠나는 것을 지켜보았습니다. 말씀드린 대로 다음날 새벽 일찍 청평에 가서 오늘 다하지 못한 이야기를 마저 드리고 선생의 말씀을 천천히 다시 들어야겠다고 생각했지요.

하지만 다음날 이른 새벽 청평을 찾았을 때, 선생은 그곳에 계시지 않았습니다. 자정이 넘은 시간 서울 성모병원에 입원하셨던 겁니다. 선생을 뵙기 위해 몇 사람과 함께 병원을 찾았지만 이미 의식이 없으셨습니다. 단 한 번만이라도 그분의 육성을 간절히 듣고 싶었지만 끝내 제 바람은 이루어지지 않았습니다.

"아버님, 저 왔습니다."

제 인사에도 아무 대꾸가 없으신 스승 앞에 목이 메었습니다. 모든 식구가 조금이라도 우리 곁에 머물러주시기를, 아니 단 한 말씀이라도 남겨주시기를 간절히 바랐지만, 선생은 주무시는 모습 그대로 떠나셨습니다.

사람은 누구나 지난날을 후회합니다. 제게도 지난 무수한 날이 아쉬움으로 남아있습니다. 그중 사무치도록 아픈 하루가 있다면 오산학교에서 그분을 마지막으로 뵌 바로 그날입니다.

그날 마지막으로 뵙고 말씀을 나눈 것은 불과 30여 분이었습니다. 기침을 조금 했지만 평소처럼 정정하고 흐트러짐 없는 모습이셨기에 그것이 그분과의 마지막 만남이 될 것이라고는 짐작조차 하지 못했습니다. 세상 모든 자식들의 마음이 그와 같을 겁니다. 이 세상 그 어떤 존재도 유한한 생명의 한계를 넘어설 수 없다는 것을 잘 알지만,

마치 남의 일인 양 잊고 사는 것이 우리 인간의 모습인 것 같습니다.

선생이 제게 던지셨던 마지막 물음.

"여기까지 무슨 생각을 하면서 왔느냐?"

유한한 인간이 생명의 한계를 넘어설 수 있는 유일한 방법은 순간을 영원처럼 사는 것뿐입니다. 스쳐 지나는 짧은 순간을 온 마음을 다해 살고, 그것이 영원한 가치로 남도록 노력하는 것입니다. 여기까지 무슨 생각을 하면서 왔느냐 하고 던지신 질문은 지금까지 살아온 제 삶에 대한 질문이었습니다. 답을 듣기 위한 것이 아닌, 내게 주어진 사명을 스스로 되묻고 가슴에 새기게 하기 위한 물음이었다는 것을 새삼 깨닫게 됩니다.

제 가슴속에 살아계신 스승이 오산학교에서처럼 또 이렇게 질문을 던지십니다.

'너는 무슨 생각을 하며 살아가느냐. 매 순간 네게 주어진 섭리적인 책임을 다하고 있느냐.'

그 울림은 지금도 제 가슴에 남아 어려움 앞에 약해지려는 마음을 다잡아줍니다. 유한한 세상의 삶이 영원의 가치로 남을 수 있도록 섭리적 책임을 새기고 또 새기게 해줍니다.

매 순간을 영원의 깊이로 사셨던 스승이었기에, 마지막 길은 웃으면서 떠나셨을 거라고 믿고 싶습니다. 끝내 그 인자한 웃음을 보여주진 못하셨지만 마음으로는 "다 이뤘다" 하며 미소 짓지 않으셨을까요.

선생은 이미 이 세상에 넘칠 만큼 많은 선물을 남기셨습니다. 이제는 남은 사람들이 그분의 뜻이 더 밝게 타오르도록, 그래서 이 세상이 평화 아래 하나의 가족을 이룰 수 있도록 노력을 다할 때입니다.

그래서 저 또한 생명이 다하는 그날까지 매 순간 깨어 있는 삶을 살려고 노력하겠다고 다짐합니다. 하늘에 계신 그분이 훗날 제게 "여기까지 무슨 생각을 하면서 왔어?" 하고 또 물으시면 더 많은 말씀을 드릴 수 있도록 말입니다.

* 피스컵 축구대회

선생의 평화운동은 전 세계를 무대로 종교·정치·경제·사회·교육·언론·문화·예술 등 전 분야로 전개되었다. '피스컵 축구대회'는 축구를 통한 평화운동으로 세계적인 프로축구단의 월드컵 형식의 제전이었다. 아마추어 시민 축구단의 친선대회도 활기차게 전개되었다

| 부록 |

다시 새겨보는 말씀

본문에 수록된 문선명 선생의 말씀 중 다시 한 번 곱씹어 볼 수 있는 문구들을 정리했습니다. 차를 음미하듯 천천히 읽어보십시오.

22쪽 "비록 썩은 물이지만 뿌리를 깊이 내리고 있어서 예쁜 꽃을 피울 수 있는 거다. 사람도 다르지 않다. 세상이 아무리 어둡고 흐려도 마음의 뿌리를 깊게 박고 있어야 한다. 뿌리가 깊어야만 나타나는 형상도 싱싱하고 아름다운 법이다."

"Even though the water is rotten the lily roots grow deep into it and a beautiful flower blossoms. It is not different for humans either. No matter how dark and cloudy the world is, you must have your heart roots deeply implanted in it. The roots have to be implanted deeply in order for what shows to be fresh and beautiful."

23쪽 "이 기계를 봐라. 한낱 기계조차 이렇게 정확하게 초과된 무게를 가려낸다. 하물며 우리가 죽어 영계에 가면 어떻겠느냐? 시공을 초월한 무형의 세계에서 내 삶의 결과를 얼마나 정확하게 측정하겠는가? 눈에 보이지 않는다고 함부로 살아선 안 된다."

"Look at this machine. It is only a machine, but it is able to distinguish when the weight limit is exceeded. So what do you think happens when we go to the spiritual world? Just how exactly do you think that the spiritual world that transcends time and space can evaluate how we have lived our lives? You shouldn't live as you please just because no one sees you."

29쪽 "내가 아니라 하나님이 중심이기 때문이다. 하나님을 생각하기 때문에 그렇게 사는 거다."

"I am not the center God is. I live like this because I think of God."

33쪽 "내가 듣는 건 그 사람의 개성이다. 노래를 듣는 게 아니라 그 사람의 개성을 듣고 있는 거다. 그렇게 생각하고 들으면 모든 노래가 즐겁고 귀하다. 음치가 부르는 노래도 그렇게 즐겁고 소중할 수가 없다. 세상에서 하나뿐인 노래가 아니더냐."

"I listen to a person's individuality when they sing. I am not listening to what he or she is singing. I am listening to their individuality. If you think like that when you listen to someone singing, then you can feel joy listening to all songs. Even the song sung by someone who is tone deaf is joyful and so precious. After all, there is only one song like it in the world."

39쪽 "배부를 때에는 세계가 큰 것 같지만 배가 고프면 밥 한 알이 지구보다 더 큽니다. 밥 한 알의 가치가 그렇게 엄청납니다."

"When you are full the world looks like a big place, but when you are hungry one grain of rice is bigger than the world. The value of one grain of rice is that enormous."

39쪽 "세상 그 무엇도 자기 자신과 연관되지 않은 것이 없고 인간과 인간, 인간과 자연, 나아가 사물과 사물까지도 뗄 수 없는 관계성을 지니고 있다."

"There is nothing in the world that is not related to us. The relationship between humans and humans, humans and nature, and between things and things are all inextricably bound together."

45쪽 "이 세상에서의 끝을 두려워하지 마라. 저쪽 세상에서는 환영식을 준비해놓고 기다리고 있다. 그러니 웃으면서 즐겁게 떠나라. 그곳은 상처도, 고통도 없다. 세상에서 헤어진 사랑하는 모든 이를 다시 만날 거다."

"Don't fear the end of this world. The spiritual world is preparing a welcoming ceremony for you. So laugh and smile when it is your time to go. In that world there are no wounds or pain. You will be able to meet again everyone that you loved in this world."

50쪽 "스님들도 모두 결혼해서 자식을 낳고 살아야 합니다."

"All Buddhist monks also have to get married and have children."

57쪽 "마음이 돈을 잘 다스려야 한다. 하늘의 질서와 가치 안에서 돈을 다

률 줄 알아야 한다. 얼마를 갖느냐보다 어떻게 쓰느냐가 중요하다."
"The mind must be able to dominate money. We must be able to dominate money according to the rules and value of Heaven. It is not how much you have that is important. It is how you use it that is important."

60쪽 "공금을 함부로 쓰는 건 내 몸을 함부로 내돌리는 것과 다르지 않다. 내 몸을 사랑하고 봉사하는 데 잘 써야 하는 것처럼, 돈도 공익을 위한 곳에 잘 써야 한다. 돈을 사용함으로써 누군가에게 기쁨이 되고 유익함이 따라야 한다. 그렇게 된다면 쓰인 돈도 기뻐서 춤을 춘다. 세상에서의 제 역할을 다했다는 데 기뻐한다."
"Using money thoughtlessly is not different from using your body thoughtlessly. Just as you should use your body well in the service of others you should also use money for the public good. When you use money it should bring joy and value to someone. If you do that then the money also will dance with joy, too. It will say, "I've fulfilled my role in the world."

66쪽 "오늘 가서 다시 전해라. 내 일생에 한국의 운동권 학생들을 만나는 건 이번이 단 한 번이고 마지막이다. 이제 다시 만날 기회는 없고 세상은 곧 바뀐다. 그렇다면 내가 무슨 얘기를 해야 하겠냐. 정치나 이념은 금세 사라질 얘기다. 그보다 정말 변하지 않는 영구적인 것을 교육해야 하지 않겠냐. 그래서 내가 사랑에 대한 근본을 이야기한 거다. 내 얘기를 모두가 이해할 거라 생각하지 않는다. 하지만 아무도 듣지 않는다고 해도 나는 근본적인 이야기를 하지 않을 수 없다. 이번이 처음이자 마지막이기 때문이다."

"Go and tell them again today. This is the only time and the last time to meet Korean radical students in my life. Soon there will be no chance to meet them again as the world will change. Then what should I talk about today? Politics and ideology will soon disappear. I should talk about something permanent that doesn't change. That's why I talked about the origin and root of love. I don't think everyone will understand what I say. But even if no one listens, I can't help but talk about the fundamental truth because this is the first and last time I can meet them."

69쪽 "배가 고픈 사람은 나가서 먹어라. 나도 사실 배가 고프다. 하지만 나는 계속 이야기를 해야겠다. 지금 이 순간에 밥이 그렇게 중요한가. 밥은 내일도 모레도 먹을 수 있지만 지금 이 만남은 두 번 다시 오지 않는다. 내가 당신들을 언제 다시 만난다는 보장이 있는가. 나는 당신들을 일생에 한 번 만났다고 생각한다. 나는 오직 한 번 전할 수 있는 하나님의 뜻을 끝까지 전해야겠다."

"If anyone is hungry, go out and eat. I'm actually hungry, too. But I have to keep talking. Is rice really that important at this moment? You can eat rice tomorrow and the day after tomorrow, but this meeting now will never come again. When is there any guarantee that I will see you again? I think this is my only chance to meet you so I must tell you God's Will that I can deliver only once."

69쪽 "내가 아무리 말해도 너희는 깊이 새기지 않지 않느냐. 건성으로 듣고 본질을 이해하지 않지 않느냐. 너희들 가슴에 영원히 박히게 하기 위해 매일 반복하는 거다."

"No matter how much I say, you guys don't engrave it deep in your heart. Hears dryly and does not understand the essence. I repeat it every day so that the content of the essence is forever etched in your hearts."

76쪽 "내 명의로 된 재산이 무엇이 있는지 하나도 빼놓지 말고 다 찾아 봐라."

"Find any property in my name without missing one."

77쪽 "내일 당장 재단 소유로 돌려놔라. 내 명의로는 단 한 평도 남겨두지 마라."

"Tomorrow return any property in my name to the church immediately. Don't leave a single piece of land in my name."

84쪽 "내가 이 땅에서 해온 일을 생각해 봐라. 너는 정말 최선을 다해 봤느냐?"

"Think of everything I have done in the world. Have you really done your best?"

87쪽 "하늘도 꼼짝 못하는 것이 바로 정성이다. 하늘도 정성은 무서워 한다."

"Heaven is also powerless in front of prayer and devotion. Heaven is afraid of devotion."

91쪽 "밥을 먹는 게 아니라, 정성을 먹는 거다."
"I'm not eating your food. I am eating your devotion."

96쪽 "비싸고 귀한 것만 찾지 말고 스스로 비싸고 귀한 사람이 되어라."
"Don't just look for expensive and precious things, but be an expensive and precious person yourself."

100쪽 "내가 받는 것이 아니라 하나님께서 받으시는 거다."
"I'm not receiving your bow. God is receiving it."

111쪽 "지금 이 시간에도 나라 밖에서 고생하는 제자들이 있다. 그렇게 고생하는 사람이 있는데 내가 함부로 쉴 수는 없다."
"Even at this moment outside of Korea there are members who are working so hard and suffering. So I am unable to thoughtlessly rest."

121쪽 "땅에서 풀지 못하면 하늘에서도 풀지 못한다."
"Whatever you bind on earth will be bound in heaven. If you are unable to solve a problem on earth you will be unable to solve it in heaven."

122쪽 "죽음으로써 죽음을 이긴다."

"By dying you will win over death."

123쪽 "과거의 섭리사를 봐라. 하나님의 섭리를 주관했던 사람들 중에 고난을 당하지 않은 사람이 단 한 사람이라도 있느냐. 오해도 받고 핍박도 받고 고통도 받았다. 하나님의 섭리를 아는 사람들은 늘 맞아 왔다."

"If you look at the history of the providence in the past, is there one central figure who did not suffer? They were misunderstood, persecuted, and suffered. Those people who knew God's providence were always attacked and hit."

128쪽 "오늘의 인류는 영원한 평화세계를 정착시킬 것이냐, 아니면 이제껏 반복돼 온 암울한 전쟁과 대결의 역사를 또다시 되풀이할 것인가 하는 대전환기에 처해 있습니다. 천주평화연합은 유엔이 하지 못한 한계를 극복하고 종교와 영적 각성을 바탕으로 지구촌 분쟁과 전쟁을 막는 데 민간 유엔의 역할을 하게 될 것입니다."

"Today's humankind is at a great turning point, whether to establish a world of eternal peace or repeat the history of grim wars and confrontations that have been repeated over and over again. The Universal Peace Federation will play the role of a civilian United Nations overcoming the limitations that the UN has not been able to achieve, and prevent global conflicts and wars based on religious and spiritual awakening."

136쪽 "이 세상이 하나님을 중심으로 한 인류 대가족 사회로 거듭나기 위해 무엇을 해야 할 것인가?"

"What should the world do to be reborn as a large family society centered on God?"

142쪽 "괜찮아. 다 잘될 거다."

"Don't worry. Everything will be fine."

144쪽 "잘 가라. 영계로 떠나는 건 우리 모두가 서로 만나러 가는 거다."

"Goodbye. Going to the spirit world is for us all a journey to meet each other."

146쪽 "인류의 타락으로 인한 하나님의 한을 다 풀어드리기 전까지는 내 개인적인 문제로 눈물을 쏟을 수 없다. 지금도 하나님은 피를 토할 만큼 고통받고 계시는데, 그 앞에서 감히 울 수 없다. 하나님께 웃음을 되찾아드리기 전까지는 내가 참는다."

"I am unable to shed tears about my personal situation before I liberate God's resentment that has been caused by the fall. Even now God is suffering so much. I cannot shed personal tears in front of Him. I have to endure until God can recover His laughter."

150쪽 "진정한 평화를 위해서는 원수끼리 결혼해야 한다."

"In order for true peace to be achieved marriage has to take place between enemies."

152쪽 "이 땅에서 하나님의 뜻이 모두 이루어지고 나면 첫 번째로 상을 줘야 할 사람들이 저 사람들이다."

"After all of God's Will has been completely fulfilled on this earth, those are the people who should be rewarded first."

165쪽 "악은 치고 지지만, 선은 맞고 이긴다."

"Evil attacks first and loses later, but good is attacked first and wins later."

165쪽 "하나님의 뜻은 때려서는 정복할 수 없다는 것이다. 맞으면서 복귀해 나가면 지는 것 같지만 결국 이기는 것이다. 이것이 복귀의 마지막 비결이 될 것이다."

"You can't subjugate people by striking them. If you continue the process of restoration by being struck it looks like you are losing, but in the end you will win. This will be the last secret of restoration."

171쪽 "나는 매일 그 그림을 보면서 고향 가는 길을 떠올리고 북한을 해방시키는 일을 기도했다. 너희들이 아는지 모르겠지만 나는 매일 그걸 보면서 하루도 빠지지 않고 간절한 마음으로 정성을 들여왔다. 그 그림을 다시 걸어놓아라."

I looked at that painting every day, recalling the way back to my hometown, and I prayed for the liberation of North Korea. I don't know if you know it, but I looked at it every day and offering sincere devotion without missing a single day. Please hang the painting back on the wall."

177쪽 "그곳에서 평화메시지 말씀을 확정짓지 않았느냐. 그런 의미가 있는 곳이니 사두도록 해라. 그곳을 더 발전시켜서 앞으로 우리 해양 섭리의 터전을 하나 더 마련하면 좋겠다."

"Didn't I finalize my message of peace there? It's a place with that meaning, so try to buy it. I hope we can develop it further and establish another base for our maritime province in the future."

186쪽 "그 국회의원은 조상 때부터 탕감할 게 좀 많이 있다. 나는 그 사람만 보는 것이 아니라 그 조상까지 다 느끼면서 그를 대하는 거다. 과거 조상이 시골에서 잘살던 시절 행했던 역사적 배경이 있어서 그걸 풀어주고 영적인 것들을 치유해주기 위해 꾸중을 했던 것이다. 그 언론인 역시 그 사람만 본 게 아니라 영적인 배경까지 보면서 대한 것이다."

"That lawmaker has a lot to indemnify from his ancestors. I relate to him not only by looking at the individual, but also by feeling his ancestors. In the past, his ancestors made many mistake when they lived well in the countryside, so I scolded them in order to set them free and heal spiritual things. That journalist also is not only looking at that person, but also seeing his spiritual background and deeds."

191쪽 "나는 남해안에 랜드마크를 하나 만들려고 하는 것이다. 대한해협에서 세계 각 나라의 배들이 이동을 하면서 몇십 킬로미터 밖에서도 한국의 랜드마크로 우리 건물을 보았으면 하는 것이다. 여수의 호텔이 랜드마크가 되어 다 함께 공감하고 느낄 수 있게 하나씩 세우고자 하는 것인데 네가 그 뜻을 아느냐. 나에게 그런 깊은 생각이 있어서 그런 거니까 군말 말고 지시대로 해라."

"I am trying to make a landmark on the southern coast. As ships from all over the world move in the Korea Strait, we want them to see our building as a landmark of Korea from a few dozen kilometers away. I want the hotel in Yeosu to become a landmark and build other buildings one by one so that everyone can relate to and connect to them, but do you know the deep meaning behind my actions? Because I have such deep thoughts, don't question me, just follow my instructions."

194쪽 "참된 가정은 참된 부모에게서 비롯된다. 하나님을 중심으로 남녀가 부부가 되어 자녀를 낳아 온전한 참가정을 이룰 때, 그 가정은 바로 작은 천국, 천국의 축소판이 된다."

"A true family comes from true parents. When a man and a woman become a married couple centered on God and have children to form a true family, that family becomes a small heaven, a miniature of heaven."

199쪽 "깊은 기도생활을 하면 마치 음파와 같이 심령이 밝아진다."

"If you have a deep prayer life, your spirit will be bright like sound waves."

231쪽 "저 사람들은 일평생 이어진 자기들의 고단한 삶을 딱 한 번 나한테 털어놓는 거다. 내게 말함으로써 그동안 맺힌 한을 풀어내고 있는데 그렇게 귀한 가치가 있는 이야기를 들어주지 못할 이유가 없다."

"These people only need to tell me about their hard life that has been going on throughout their lives only once. Talking to me is letting go of the pain they've been holding on to, so there's no reason not to listen to a story that's so valuable."

252쪽 "여기까지 무슨 생각을 하면서 왔나?"

"What kind of thought have you had until now?"

256쪽 '너는 무슨 생각을 하며 살아가느냐. 매 순간 네게 주어진 섭리적인 책임을 다하고 있느냐.'

'What do you think about as you live your life? You should think am I fulfilling my providential responsibility every moment?'